그거다, 세나!
차이나드레스
나이스!

얌차 카페!
복장은 차이나드레스.
콘셉트에 통일감도 있고
신선함도 있지 않아?

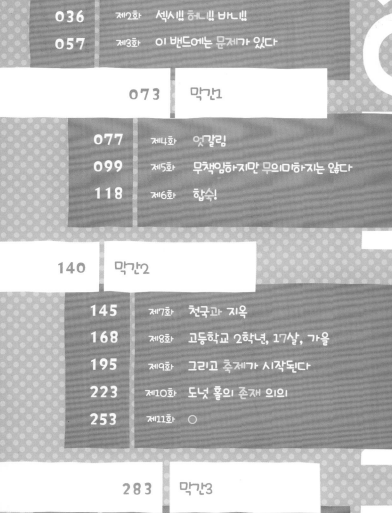

**009** 제1화 내가 열심히 하는 이유

**036** 제2화 섹시!! 허니!! 바니!!

**057** 제3화 이 밴드에는 문제가 있다

**073** 막간1

**077** 제4화 엇갈림

**099** 제5화 무책임하지만 무의미하지는 않다

**118** 제6화 합숙!

**140** 막간2

**145** 제7화 천국과 지옥

**168** 제8화 고등학교 2학년, 17살, 가을

**195** 제9화 그리고 축제가 시작된다

**223** 제10화 도넛 홀의 존재 의의

**253** 제11화 ○

**283** 막간3

**286** 제12화 내가 열심히 한 결과

다른 사람과 하는
럽코미디는
용서하지
않을 거니까
5

하바 라쿠토
ill. 이코모치

나나무라 류

Ryu
Nanamura

미야우치 히나카

Hinaka
Miyauchi

카노 미메이

Mimei
Kanou

하나비시 키묘토라

Kiyotora
Hanabishi

아리사카 아리아

Aria
Arisaka

칸자키 시즈쿠

Shizuru
Kanzaki

# characters
등장인물

아리사카 요루카

**Yoruka Arisaka**

세나 키스미

**Sena Kisumi**

유키나미 사유

**Sayu Yukinami**

하세쿠라 아사키

**Asaki Hasekura**

"더는 무리야! 못 참겠어! 남들 앞에선 연주 못 하겠다고!"

미술 준비실에 돌아오자마자 내 연인인 아리사카 요루카는 성대한 푸념을 토했다.

"그렇게 비관하지 마. 나보다 요루카가 더 잘 연주하잖아."

나는 조금 전에 있었던 일로 한탄하는 요루카를 달래기 위해 머리를 쓰다듬었다. 요루카는 그 손길을 얌전히 받아들이면서도 객관적인 의견을 요구했다.

"그럼 여름방학에 집에서 들려줬던 피아노보다 음색이 좋았어?"

요루카는 울상이 되어 나를 바라보았다.

조금 전 우리 밴드, 링크스는 처음으로 다른 사람 앞에서 연주를 했다.

문화제 메인 무대 출연 밴드를 정하는 경음악부 내부 오디션에 참가했기 때문이다.

그 결과를 놓고 요루카는 이렇게까지 침울해하고 있다.

"오디션에서 한 연주는 그거대로 느낌이 있어서 나는 좋아해."

"그런 건 실전에서 관객에게 들려줄 수 없단 말이야."

키보드 담당인 요루카는 긴장한 나머지 시작부터 실수를 저질렀고, 그 후에도 실수할 때마다 지나치게 당황하는 나머지 한층 실수를 반복하는 악순환에 빠져버렸다.

"괜찮아. 요루카는 피아노 잘 치니까, 익숙해지면 평소처럼 칠 수 있게 될 거야."

나는 여름방학에 아리사카네 집에서 잤을 때 봤던 한 장면을 떠올렸다.

언니인 아리아 씨의 요청으로 요루카는 나에게 피아노 솜씨를 보여주었다.

건반 위로 미끄러지는 아름다운 손가락, 유려한 멜로디를 빚어내는 여유로운 자태, 듣는 이의 마음에 스며드는 듯한 우아한 연주에 나는 크게 감동했다.

그와 비교하면 정확도나 섬세함이라는 점에선 오늘은 본래의 실력을 발휘하지 못했지만, 그래도 본인이 끙끙 앓을 만큼 처참하진 않다.

그저 요루카치고는 실수가 조금 많았을 뿐이다. 주변 소리는 제대로 듣고 있었기에 한 음이 삐끗해도 그 후의 멜로디나 리듬은 바로 돌아왔다.

실수한 뒤로 모조리 무너지는 일은 없었다.

"하지만 그렇게 많은 사람이 쳐다보면 평소처럼 연주할 수는 없다고!"

이렇게까지 우울해하는 요루카도 드물다.

완전히 부정적인 사고에 사로잡혔다.

"고등학생의 문화제잖아. 피아노 콩쿠르가 아니니까, 즐겁게 한 사람이 우승이야. 그렇게까지 긴장할 거 없어. 링크스도 제대로 합격했잖아."

나는 일부러 가벼운 어조로 말했다. 너무 무겁게 받아들이는 요루카의 마음을 가볍게 해주고 싶었다.

출연을 희망하는 모든 밴드가 연주를 마친 뒤, 부원들의 투표로 무대에 출장하는 3개의 밴드가 정해졌다.

"링크스가 합격한 건 카노 덕분이잖아. 적어도 나는 엉망이었어."

요루카 씨, 의외로 자기 자신에게 엄하시군요.

잘하는 분야이기 때문에 자신이 원하는 대로 연주할 수 없는 게 속상한 모양이다.

잔서가 이어지는 9월의 노을을 받으며 요루카는 의자 등받이에 이마를 기대고 늘어져 있다.

힐끗 보이는 하얀 목덜미는 여름 축제 때 본 유카타 모습을 떠올리게 했다.

요루카에겐 전통복도 잘 어울렸다.

아니, 내 여자친구는 어떤 옷을 입어도 최고다.

길고 아름다운 머리카락, 눈처럼 하얀 피부. 짙고 긴 속눈썹이 드리운 커다란 눈동자는 보석처럼 매력적이다. 오뚝한 콧날에 작은 얼굴. 연분홍색 입술에는 윤기가 흐른다. 몸매도 동급생과는 선을 그을 만큼 볼륨감 있는 곡선을 자랑한다. 풍만한 가슴과 잘록한 허리와, 커다란 골반 밑으로 늘씬하게 뻗은 다리는 예술품이라고 할 수 있다.

이 미술 준비실에 놓인 석고 여신상과 비교해도 뒤떨어

지지 않는다.

얼마 후엔 하복 모습을 보지 못하게 된다고 생각하니 조금 슬프다.

"……연인인 내가 이렇게 고민하는데 키스미는 엉큼한 생각하는 거 아니야?"

남의 시선에 아주 민감하다는 건 약점이기도 하지만, 무기이기도 하다.

쳐다보면 바로 긴장하는 반면, 내 시선이 어딜 향한 건지도 바로 알아차린다.

우아한 눈썹을 살짝 찌푸린 요루카가 아래쪽에서 나를 노려보았다.

"아니, 요루카는 미인이구나, 해서 넋을 놓았던 것뿐이야."

"사귄 지 반년 지났잖아. 이제 그만 익숙해질 때도 되지 않았어?"

"그럴 리가. 평생 봐도 안 질릴걸."

"어? 평생은 좀 길지 않아?"

요루카가 몸을 일으켰다.

"진심이야. 아직도 이렇게 예쁜 애랑 연인이 되었다니 꿈이 아닌지 때때로 의심이 들어."

"어떻게 확인할 건데?"

"음, 이렇게 쳐다보면서 감회에 젖는다거나."

"보기만 해도 확인할 수 있다니 손쉬운 애정 확인이구나. 누구나 할 수 있잖아."

"──, 나만 할 수 있는 일을 해도 돼?"

"지금은 우리 둘뿐인데."

요루카는 도발하듯 이쪽을 보았다.

나는 천천히 요루카 옆의 의자에 앉았다.

"키보드를 연주하느라 지쳤으니까, 마사지 받고 싶은 거야?"

"그것도 고맙지만 땡."

"그럼 달콤한 디저트라도 먹고 싶다?"

"디저트는 지금 없으니까 사 와야 하잖아."

"어렵네. 내 연인은 뭘 원하시는 걸까?"

"입을 쓴다는 것까지는 정답."

무릎과 무릎이 맞닿는다.

"휘파람으로 한 곡 뽑을까?"

"음악은 아까 실컷 들었어."

"아, 알겠다. 목마르구나."

"……, 그래. 마른 것 같아. 그러니 먹여줘."

"뭐?!"

요루카의 의도를 알아차린 나는 살짝 당황했다. 진심으로?

"저기 있는 페트병에 물 있으니까 먹여줘. ──단, 손은 쓰지 마."

"마지막 조건, 필요한 거야?"

"위로해달라니까."

"알았어."

나는 차가운 물을 입에 머금은 뒤 그대로 요루카와 입술을 포갰다.

　입술과 입술이 딱 맞물린다. 잠시 입술의 부드러운 감촉을 확인한 후 천천히, 아주 조금 입을 벌렸다. 작은 틈새로 흘러나가는 물을 요루카가 교묘하게 받아냈다. 꿀꺽 목을 울리며 내 입에 있던 걸 전부 마셨다.

　무의식중에 무릎 위에서 손가락과 손가락이 얽혔다.

　물이 사라진 뒤에도 우리는 떨어지지 않았다.

　계속 달라붙은 채 서로의 존재를 느낀다.

　간신히 얼굴을 떼자, 요루카는 몽롱한 표정을 짓고 있었다.

　희미하게 벌린 입에서 물방울이 흘러나와 턱을 타고 내려갔다.

　나는 요루카의 젖은 입가를 손가락으로 훔쳤다.

　그녀는 그걸 얌전히 받아들였다.

　"그냥 수분 보충일 뿐인데 굉장히 야한 느낌이야."

　"그래. 되게 자극적이네."

　"물, 미지근하더라."

　"내 체온 때문이려나."

　"왠지 몸이 따끈따끈해졌어."

　"귀까지 빨개."

　"키스미야말로."

　"어쩔 수 없잖아. 이런 건 처음이니까."

　"또 하나, 키스미의 처음을 가져갔네."

　요루카는 천진하게 기뻐했다.

이 무방비한 미소는 파괴력이 어마어마하다.

지금이 한여름의 땡볕 아래였다면 내 이성은 진작에 증발했겠지.

이번 여름을 거치며 요루카의 요구 방식이 상당히 대담해졌다.

최근에는 지금처럼 위험하게 조르는 것도 드물지 않다.

휴일도 밴드 연습이며 문화제 준비 등으로 요루카와 데이트를 못하니, 둘만 있는 시간이 단순히 줄어들었다는 것도 원인 중 하나일 것이다.

같이 있는 시간이 한정적이기 때문에 평범하게 보내는 걸로는 부족하다는 듯 연인 간의 스킨십 농도가 진해져 간다.

나도 고문이라도 당하는 기분이라, 이 이상은 정말 브레이크가 망가져 버릴 것 같다.

"키스미, 딱딱해졌어."

요루카는 시선을 아래로 떨구며 내 어떤 변화를 알아차렸다.

나는 연인의 얼굴을 직시할 수 없게 되어 무심코 벽 쪽으로 시선을 회피했다.

요루카의 손가락이 내 손을 마사지하듯 표면을 어루만졌다. 그 감질나는 감촉에 심장 박동이 한층 빨라진다.

"어디가?"

나는 굳게 마음먹고 물었다.

지금 막 물로 적신 목이 심하게 말라붙는 건 착각이 아니다. 냉방이 잘 돌아가고 있을 텐데도 체온은 계속 올라간다. 서서히 땀이 맺힌다.

이젠 흐름에 몸을 맡기자.

무서워하지 마라, 세나 키스미. 여자를 민망하게 만들면 안 된다.

확 갈 수 있는 곳까지 가 버리라고!

"키스미의 손끝이 전보다 훨씬 딱딱해졌어."

"어? 손가락?"

나는 시선을 내렸다.

요루카가 보고 있던 건 내 허벅지 위에 올려놓았던 왼손이었다. 손가락의 상태를 세심하게 확인하고 있었다.

"기타를 열심히 연습하고 있으니까 당연한가. 처음 무렵보다 훨씬 좋아졌잖아."

요루카는 내 성장을 자기 일처럼 기뻐해 주었다.

초보인 내가 본격적으로 기타를 연습하기 시작한 지 슬슬 한 달.

그동안 하루도 빠짐없이 기타를 만졌다. 말랑말랑했던 왼손 손가락은 처음엔 딱딱한 기타줄을 누르면 금방 아파했는데, 듣고 보니 지금은 예전만큼 아프지 않다.

"요루카는 잘 알아보네."

"그야 키스미의 변화에는 누구보다 민감해야지."

"든든한 연인이구나."

"노력의 성과가 나와서 부러워."

"나는 초보니까 늘어나기만 하는 거지. 원래 피아노를 칠 줄 알았던 요루카와는 시작 지점이 다르잖아."

"하지만 경음악부 사람들 앞에서조차 그렇게 실수했는걸. 빨리 어떻게든 해야 해."

우리가 소속된 밴드 링크스는 문화제를 위해 결성한, 소위 기간 한정 즉석 밴드다.

리더인 카노 미메이를 제외한 멤버 네 명은 경음악부 부원이 아니다.

결성에 이르는 경위를 아는 경음악부 부원들은 호의적인 태도로 들어줬고, 심지어 문화제 메인 무대 출연권을 태반이 부원도 아닌 우리에게 안겨주었다.

그들의 신뢰에 부응하기 위해서도 실전은 어떻게든 성공해야 한다는 마음가짐이 링크스 멤버들 사이에 공유되고 있었다.

"걱정하지 않아도 가장 발목을 잡을 가능성이 큰 건 나니까, 요루카는 자신감을 갖고 연주하면 돼."

"……자신감이라. 남에게서 쉽게 받을 수 있다면 좋을 텐데."

요루카는 우는소리를 하면서 내 가슴팍에 머리를 기댔다.

요루카에게서 나는 단내가 코끝을 간질인다.

어째서 예쁜 여자아이에게서는 좋은 냄새가 나는 걸까.

이렇게 경계심 없이 밀착해오니 모처럼 진정되어가던

열이 다시 들끓을 것 같다. 몸을 바싹 붙인 요루카는 심심 풀이라는 양 내 손을 주물주물 계속 만져댔다.

죄송합니다. 못 참겠습니다.

"요루카, 장소 바꾸지 않을래? 출출한데."

"찬성. 나도 뭔가 단 거 먹고 싶어."

"뭐든 좋아. 요루카에게 맞출게."

다른 일에 정신이 팔리는 바람에 내 대답이 그만 무성의 해졌다.

"저기, 나 키스미를 곤란하게 하는 거야?"

요루카는 그걸 민감하게 알아챘다.

"그럴 리 없잖아."

"하지만 지금 정신이 조금 딴 데 가 있었잖아."

"꼭 말해야 해?"

"키스미에 대해선 뭐든 알고 싶어."

나는 솔직하게 대답했다.

"요루카가 너무 귀엽고, 심지어 스킨십도 많아지는 바람 에 그, 흥분했어. 여기는 밀실인 데다 둘밖에 없잖아. 자칫 덮칠지도 몰라."

"~~~!"

요루카는 깜짝 놀란 얼굴이 되더니, 자신이 전신을 밀착 시키며 기대고 있었다는 걸 깨달았다.

아무래도 무자각이었던 모양이다.

"나 자석이라도 박힌 걸까? 언제부터 이렇게 붙어 있었던 거지?"

"애정이라는 이름의 자석 아니야?"

건방진 소리를 적당히 주워섬기면서도 나는 입꼬리가 히죽히죽 올라가는 걸 참지 못했다.

"2학기에 들어선 뒤로 주말에 데이트를 못 했으니 스킨십이 부족했다고!"

"그러게. 나도 빨리 요루카와 둘이서만 놀러 가고 싶어."

나도 진심으로 그렇게 느꼈다.

"키스미. 디저트 하면 케이크도 좋지만 가끔은 도넛 먹고 싶어! 역 앞에 있는 미스터 도넛 가자!"

요루카는 얼굴을 새빨갛게 붉히면서도 아무 일도 없었다는 듯 제안했다.

물론 요루카의 권유를 내가 거절할 리가 없다.


승강구까지 내려오자 마침 신발장 앞에 아사키가 있었다.

"윽?!"

같은 반인 하세쿠라 아사키의 존재를 알아차리자마자 요루카는 노골적으로 얼굴을 찡그렸다.

"둘 다 지금 집에 가는 거야? 늦은 시각까지 고생하네. 밴드 연습 잘 되고 있어?"

아사키는 요루카의 떨떠름한 얼굴을 깔끔하게 무시하고 친근하게 말을 건넸다.

조금 밝은 갈색 머리카락을 어깨까지 기르고, 좋은 인상을 주는 화사한 얼굴은 당장이라도 연예계에서 먹힐 것 같다. 타고난 매력을 조금 강조하는 자연스러운 화장이며 패셔너블한 분위기로 모두에게 사랑받는 인기인. 성격이 밝으며 누구에게나 친절하고 서글서글한 거리감으로 대하기 때문에 친구도 많다.

　　나와 공동으로 2학년 A반의 학급 임원을 맡고 있다.

　　"나는 아직 앞날이 험난해. 아사키는 다도부?"

　　"응. 부활동 끝나고 칸자키 선생님과 문화제 이야기를 하다가 늦어졌어."

　　"차기 부장은 고생이 많구나."

　　"키스미야말로, ……변함없이 아리사카와 찰싹 달라붙어 있네."

　　아사키는 상황을 살피듯 침묵하는 요루카에게 시선을 던졌다.

　　"사귀는 사이니까 당연하잖아!"

　　"나는 본 걸 그대로 말했을 뿐이야."

　　"트집 잡는 것처럼 들렸는데."

　　"그건 아리사카에게 무언가 걱정거리가 있기 때문이 아닐까?"

　　"가장 큰 원인은 너잖아."

　　"나는 그저 키스미를 짝사랑하는 것뿐인걸."

　　요루카가 당장에라도 폭발할 것 같은 반면, 아사키는 담담하게 대답했다.

"키스미의 연인인 내 앞에서 당당하게 짝사랑을 입에 담는 게 마음에 안 들어!"

여름방학에 우리는 친한 친구끼리 모여서 바다로 여행을 떠났다.

그때 아사키는 나와 요루카 앞에서 세나 키스미를 대상으로 연애 지속 선언을 했다.

물론 아사키는 우리가 서로 좋아하는 연인이라는 걸 안다.

하지만 본인의 마음이 식을 때까지는 계속 좋아하게 해 달라고 말했다.

"나는 어디까지나 내 감정을 이야기한 것뿐이야. 노골적으로 빼앗을 생각이었다면 우연히 만난 이 기회를 살려서 둘이서 놀러 가자고 권했을걸."

"내가 절대 용서할 리 없잖아!"

"화내는 건 실제로 했을 때 해줘."

"으윽~~."

분한 듯 신음하는 요루카는 하악질하는 고양이 같다.

한편 아사키는 침착한 말투로 요루카의 분노를 휙휙 흘려넘겼다.

"그럼 나는 먼저 돌아갈게. 내일 봐."

아사키는 손을 흔들며 바로 걸어갔다.

"요루카. 같은 반이니까 아사키에게 조금 더 온건한 태도를 보일 수는 없어? 지나치게 반응하는 것도 피곤하잖아?"

나는 반론을 들을 각오로 부드럽게 타일러봤다. 너무 적대시하면 요루카의 못마땅한 심기가 주변에도 전파되어 분위기가 나빠진다.

　　하지만 요루카에게서 돌아온 건 의외의 반응이었다.

　　"……상대하는 맛이 안 나. 이상하네."

　　요루카는 맥이 빠졌다는 듯 떨떠름한 얼굴이었다.

　　"이상하다고?"

　　"패기가 없어."

　　"그렇게 싸워놓고?"

　　요루카와 아사키의 용서 없는 말다툼에 나는 내심 상당히 조마조마했는데.

　　"말에 평소 같은 기세가 없었어."

　　"잘 아네."

　　듣고 보니 최근 아사키는 생각에 잠기는 듯한 때가 있었던 것도 같다. 말을 걸면 평소처럼 밝고 쾌활한 목소리로 대답한다. 그래도 회의를 할 때 등, 문득문득 마음이 어딘가 다른 곳으로 날아간 듯한 인상을 받았다.

　　"지금 가장 경계해야 하는 상대니까 사소한 차이도 알아보는 거야."

　　요루카는 방심할 수 없다는 듯 긴장을 풀지 않았다.

　　상대를 의식한다는 의미에서는 좋아하는 마음도 싫어하는 마음도 같다.

　　적의라는 이름의 관심이 늘 상대방을 향한다.

"그 섬세함을 왜 이해하는 방향으로는 활용하지 못하는 건데."

"내 감정을 자유롭게 제어할 수 있다면 오디션에서도 실수 없이 연주했어."

지당하신 말씀입니다.

나도 아직 실수 없이 기타 연주를 마친 적이 없다. 과연 실전까지 맞출 수 있을까.

"무사히 라이브를 성공시키고 싶어."

"응. 그러니까 성공시키기 위해 지금부터 작전회의 하자!"

◇ ◇ ◇

학교에서 나온 우리는 역 앞의 미스터 도넛에 들어갔다.

기타 케이스와 가방으로 자리를 잡아놓은 뒤 둘이 함께 계산대에 줄을 섰다.

각자 먹고 싶은 도넛을 고르고, 음료는 둘 다 커피를 주문한 뒤 계산.

4인석 테이블에 마주 보고 앉아 도넛을 먹으며 문화제 라이브에 대해 이야기했다.

"요루카의 과제는 어떻게 해야 많은 사람이 쳐다봐도 긴장하지 않고 연주할 수 있을까인데."

나와 다르게 요루카에겐 악보대로 연주하는 것 자체는 어렵지 않다.

요루카에게 록은 평소 잘 듣지 않는 장르라고 한다. 하지만 여러 번 연습하는 사이에 요령을 바로 파악했다.

"키스미, 뭐 좋은 아이디어 없어?"

"으음. 결론은 익숙해지라는 것밖에는."

"그럴 수 있었다면 내일이 실전이어도 문제없어."

요루카는 먹던 작은 도넛을 한꺼번에 입에 넣었다.

무모한 소리 하지 말라는 걸 동작으로 표명하는 모양이다.

"아니, 내일이 실전이면 내가 큰일이거든?"

"나에게는 그와 비슷하게 장벽이 높다고."

유리함과 불리함은 사람마다 다르다.

"단순하게 남들 앞에서 연습하는 횟수를 늘린다거나?"

"그건 그렇지만~~."

요루카가 내켜 하지 않는 심정은 나도 잘 안다.

못하는 분야에 도전하는 건 통상보다 몇 배는 더 기력을 소모하고, 최대한 편하게 가는 게 최고다.

"요루카는 여태까지 몇 번이나 긴장을 극복했잖아."

"예를 들어?"

"봄에 있던 구기대회. 커다란 목소리로 응원했고, 발목을 삔 나에게 모두가 보고 있는데도 보건실까지 어깨를 빌려줬지."

"그건 키스미가 다쳤으니까."

"그리고 세나회에서 처음으로 노래방 갔을 때. 아리아 씨와 한 자매싸움. 여름방학 때 다 함께 놀러 간 여행. 나와 사귀기 전의 요루카라면 절대 일어날 수 없는 일들이잖아."

"……하세쿠라에게 고백받았을 때는 의도적으로 건너뛰었지."

요루카의 눈빛이 날카로워졌다.

"생각하면 기분 나빠할 거잖아."

"이미 늦었어."

요루카의 질투가 기쁘기도 하고 무섭기도 하고.

나는 본론으로 돌아가기 위해 커피를 한 모금 마셨다.

"어째서 긴장하는 건지 구체적으로 생각해 보자. 요루카는 남의 시선이 신경 쓰여서 집중하지 못해. 그래서 실수하는 거지."

"응."

"반대로 집중이 됐을 때는 어떤 식이었어?"

"구기대회 때는 키스미가 걱정됐어."

"기뻤어. 그럼 노래방은?"

"처음엔 하세쿠라가 있는 걸 경계했지만, 노래하고 대화하는 사이에 점점 즐거워졌어."

"아리아 씨와 싸웠을 땐 어땠어? 나는 직접 못 봤으니까."

"……여기서 도망치면 분명 평생 후회할 테니까. 그런 강한 결의가 있었던 덕분이야."

요루카는 그때를 떠올린 듯 어째서인지 쓴웃음을 지었다.

"내 주관으론 그 아리아 씨에게 대드는 게 라이브보다 훨씬 긴장되는데."

"자매니까 양보할 수 없는 것도 있는 거야. 키스미는 눈치채지 못했겠지만."

눈을 가늘게 접으며 말하는 요루카의 목소리에는 살짝 험악한 기세가 실려 있었다.

"눈치채지 못했다니, 뭐가?"

"자매의 비밀. 절대 말 안 해."

아무래도 파고들었다간 긁어 부스럼이 될 것 같다. 군자는 위험을 가까이하지 않는다.

"그래. 그럼 여름 여행은?"

"물론 즐거웠으니까. ——하세쿠라와 키스미의 혼욕에는 열이 뻗쳤지만."

"그건 우연한 사고고, 순수한 구명활동이라니까!"

나는 반사적으로 테이블에 머리를 박았다.

"그럼 머리 숙이지 마. 주변 손님이 쳐다보잖아."

"요루카와 헤어지는 건 세계 멸망이나 마찬가지라고! 용서해줄 때까지 성심성의껏!"

"일단은 용서했거든! 아무튼, 나도 세계 멸망은 싫으니까 앞으로도 바람피우지 마."

"하느님 부처님 요루카 님에 걸고."

"와, 날 신격화했잖아."

기분이 풀린 연인은 나에게 마저 말하라는 눈짓을 보냈다.

"요루카가 긴장하지 않는 건 희로애락 불문 자신의 감정을 최우선에 둘 때거든."

"아, 확실히 그런 것 같아!"

요루카는 시야가 트였다는 듯 고개를 끄덕였다.

"그럴 때는 주변을 신경 쓸 여유도 없고, 의식이 자기 자신만을 향하니까 결과적으로 깊게 집중할 수 있는 거야."

"깊게 집중……."

나는 초코 패션을 들고 한 입 깨물었다.

"요컨대 제멋대로 굴라는 거지."

요루카가 당면한 과제에 대한 나 나름의 답을 건넸다.

"제멋대로 굴라니, 여왕님이라도 되라는 거야?"

요루카가 몹시 진지한 얼굴로 그런 말을 하는 바람에, 나는 무심코 여왕님 모습의 요루카를 상상하고 말았다.

사디스트 MAX, 제멋대로인 여왕님 요루카.

그건 그거대로 또 좋다고 느끼는 점에서 나도 요루카에게 많이 빠져있다.

"키스미, 망상의 세계에서 돌아와~~."

"미안, 연인에게 느끼는 애정을 재확인했어."

"그런 건 망상이 아니라 현실에서 해도 되니까."

"남들 앞에서도?"

"그건 안 돼. 부끄럽잖아."

요루카만한 미인이라면 원하지 않아도 주변의 시선을 끌어모으니 고생이다.

"아리아 씨에게 시선에 익숙해지는 요령을 배우는 건? 그 사람만큼 당당하게 행동하는 사람도 못 봤어."

아리사카 자매의 차이는 본인들이 생각하는 것보다 훨씬 사소하다.

"……키스미는 이러니저러니 해도 언니에게 절대적인 신뢰를 보내는구나."

"아리아 씨가 없었다면 에이세이에 합격하지 못했고, 요루카와도 사귀지 못했을 테니까. 은인인 데다 그 사람의 우수함은 나도 솔직히 존경스러워."

"내 연인에게 언니의 영향력이 너무 커!"

"걱정하지 않아도 내가 연애 대상으로 좋아하는 건 요루카 뿐이야."

내가 즉답하자 대답 대신 손이 입가로 다가왔다.

"초콜릿, 입에 묻었어."

요루카는 내 입가를 손가락으로 훔치더니 그대로 초콜릿이 묻은 손을 날름 핥았다.

"나도 이런 걸 하는 건 키스미뿐이야. 특별하니까."

어쩐지 그 동작마저도 형언할 수 없는 색기를 지닌 것처럼 보여서 묘하게 관능적이다.

내 여자친구 귀엽다————————! 하고 큰 소리로 외치고 싶은 기분을 누르기 위해 커피를 마셔서 올라가는 입꼬리를 가렸다.

그렇게 요루카의 시선 극복이라는 과제를 놓고 토론하며 시간이 흘러갔다.

"이제 아이디어 안 나올 것 같아?"

"아니, 마지막으로 하나 더."

"있다면 들려줘."

틀림없이 요루카가 싫어할 법한 제안이지만, 나는 일단 말은 해보기로 했다.

"문화제는 반에서도 부스 하잖아. 거기에 반 대표로 입후보해보는 건?"

"뭐? 못 해!"

예상했던 반응이다.

"해 보면 의외로 즐거울지도 몰라."

"반 애들을 이끌고 지시하는 역할이잖아. 나한테는 안 맞아."

"여왕님이 되는 연습이라고 생각하면 되지 않아? 내 명령을 따라라! 같은."

"사람을 제멋대로 부리는 것과 리더로서 부리는 건 달라."

요루카는 냉정하게 반론했다.

"나도 지명당해서 학급 임원이 되었어. 그대로 정신을 차리니 문화제 실행위원도 맡게 되었지. 내 의지가 아니야."

"그런 것치고 키스미는 제대로 잘하면서."

"단순히 나중에 혼난다는 걸 알면서 빼먹지는 못하는 것뿐이야. 그런 의미에서는 소심하거든."

"설마. 키스미는 의외로 대범해. 한다고 정한 이상 제대로 역할을 완수하려고 하잖아. 성실하게 노력하는 건 훌륭한 자세야."

"_____."

연인의 가벼운 한마디에 나는 큰 격려를 받았다.

내가 모르던 일면을 발견해주었다는 놀라움과 그런 식으로 나를 자세히 보고 있었다는 다정함이 기뻐서 견딜 수 없다.

"아, 아무튼, 내키지 않았던 경험이 나중에 의외로 도움이 되는 법이라는 거지. 혼자 하는 게 싫다면 나도 같이 할게. 어차피 반 부스도 도와야 하니까."

어떤 식으로 학창 시절을 보내든 개인의 자유다.

학교 행사를 적극적으로 만끽하려는 사람도 있고, 관여하지 않고 유유자적 학교생활을 보내는 사람도 있다.

마음껏 청춘을 구가하려거나 드라마틱한 학교생활을 강하게 동경하는 것도 아니다.

나도 연인인 요루카가 밴드에 들어가지 않았다면 무대에서 기타를 연주한다니 생각지도 않았을 것이다.

──무슨 일이든 기회에 응할지, 아닐지.

내 경우 일단은 해 본다. 세나 키스미의 적극성은 그 정도이다.

현재 아리사카 요루카는 일생일대의 도전 중.

성공시키기 위해 할 수 있는 건 다 해놓아야 한다.

"그건 안 돼!"

요루카는 발끈하며 반대했다.

"키스미는 문화제 실행위원 일도 있잖아! 밴드 연습도 하는데. 그런 데다 반 부스 리더까지 하다니, 안이하게 일을 너무 많이 받아! 그랬다간 몸이 몇 개 있어도 부족하잖아!"

학생의 자주성을 중시하는 우리 학교에선 학교 행사에서 학생의 재량이 크다. 기획 수행능력을 양성하기 위해 학급 임원은 자동적으로 문화제 실행위원회에 들어간다. 그 때문에 반 부스는 따로 대표를 세우는 게 일반적이다.

"그럼 분열이라도 할게."

"할 수 있다면 지금 당장 해 봐."

"사랑의 힘이 있다면 기적도 일으킬 수 있을지도 몰라."

"흐응. 그런 마법 같은 걸 볼 수 있다면 꼭 보고 싶네."

요루카의 커다란 눈이 불가능한 소리라며 황당해했다.

"내 말은, 언제든 요루카의 힘이 되고 싶다는 뜻이야."

"그건 믿어. 하지만 키스미는 과보호야. 이 이상 자신의 부담을 늘리지 마."

요루카의 말대로, 내가 이미 오버워크 상태라는 건 누가 봐도 명백했다.

문화제까지 내 스케줄을 생각하면 마음이 무겁다.

그래도 요루카를 위해서라면 괴롭진 않았다.

좋아하는 사람이 무대 공포증을 극복할 수 있다면 기꺼이 협력하겠다.

"강해지기 위한 다음 스텝으로는 딱 좋지 않을까."

아사키의 연애 지속 선언을 듣고, 요루카는 이른 아침 바다에서 강해지고 싶다고 바랐다.

밴드에 참가하기로 결심한 것도 자신을 바꾸기 위한 첫 걸음이다.

실전에서 연주를 성공시키려면 시선에 익숙해지는 건 필수 조건.

매일 같은 공간에서 보내는 같은 반 학생들 상대라면 요루카의 장벽도 조금은 내려가겠지.

"……만약 입후보했다가 붙어버리면 더욱 키스미와 만날 시간이 줄어들겠지?"

요루카는 내키지 않는다는 듯 중얼거렸다.

"밴드 연습으로도 만날 수 있고, 설령 문화제 준비라고 해도 요루카와 같이 있는 시간은 전부 즐거워."

같은 반에 연인이 있다는 건 그런 것이다.

같은 교실이니 수업할 때도 쉬는 시간에도 같이 지낼 수 있다.

"——, 그런 식으로 말하는 건 치사해."

손에 든 올드패션드 도넛의 구멍 사이로 나를 바라보는 요루카.

귀여운 얼굴은 숨길 수 있어도 그 예쁜 눈동자만큼은 훤히 보였다.

"그만큼 끝나고 나면 실컷 데이트하자."

"응."

요루카는 시선을 내려 머그잔을 바라보았다.

"반 대표 건은 좀 생각해 볼게."

그런 식으로 미래를 바라보며 고등학교 2학년 2학기가 시작됐다.

계절은 여름에서 가을로 바뀌어 가고 있었다.

◇ ◇ ◇

여름방학의 들뜬 기분이 간신히 빠질 무렵에는 9월이 끝나고 체육제를 맞았다.

하이라이트는 뭐니 뭐니 해도 반 대항 혼성 릴레이다.

각 반에서 남자와 여자를 셋씩 뽑아서, 한 사람당 트랙 한 바퀴를 담당하여 총 여섯 바퀴로 승패를 가른다.

2학년 A반의 출장 선수는 여느 때처럼 아사키가 조사한 50m 달리기 기록 순으로 선출했다. 여자 중엔 운동부도 섞여 있었고, 요루카도 뽑혔다.

처음에는 평소처럼 거절하려고 했으나 주변의 설득과 나의 '이것도 문화제를 대비한 훈련이 되지 않을까?'라는 한마디가 결정타가 된 모양이었다.

체육제 실전에선 요루카에게 배턴이 넘어간 시점에서는 상당한 하위권이었다.

거기서부터 요루카가 노도와 같이 추격하여 다른 반 선수들을 차곡차곡 제쳤다.

아리사카 요루카라는 미소녀가 후방에서 경주마의 꼬리처럼 포니테일을 휘날리며 한 명씩 추월하는 극적인 광경에 운동장은 성대히 달아올랐다.

순위를 단숨에 올린 뒤 이어서 마지막 주자인 나나무라가 1위로 결승선 테이프를 끊었다.

드라마틱한 대역전극의 출연자는 같은 반 학생들에게서 연신 칭찬을 들었다.

익숙하지 않은 인파의 중심에 놓인 요루카는 가시방석에 앉은 듯, 기뻐하는 아이들을 쌀쌀맞게 밀어내지도 못한 채 난감해하는 얼굴로 나에게 도움을 요청했다.

나는 타이밍을 노려 요루카를 인파 밖으로 데리고 나왔다.

둘만 있게 된 뒤 웬일로 전력질주한 이유를 물어보자, 너무나도 그녀다운 대답이 돌아왔다.

『다들 쳐다보는 걸 1초라도 일찍 끝내고 싶어서 전력으로 달렸어.』

이기기 위해서가 아니라, 관중의 시선에서 도망치기 위해 필사적으로 달렸다는 소리다.

나는 크게 웃으면서도 요구받은 결과를 훌륭하게 내놓는 점이 대단하다며 감탄했다

역시 요루카는 굉장하다.

체육제가 끝나자 계절도 드디어 가을다워졌고, 교복은 동복이 되었다.

11월에 있을 문화제까지 앞으로 약 한 달.

그날의 홈룸은 2학년 A반의 문화제 부스 종목을 정하기로 했다.

진행은 평소처럼 학급 임원인 나와 아사키가 담당하고, 우선은 문화제의 반대표로 남자 한 명, 여자 한 명을 뽑는다.

여름방학 전에 문화제 실행위원회라는 총괄 운영으로 들어간 우리 대신 반 부스를 담당할 별도의 대표자를 세우는 것이다.

"그럼 하고 싶은 사람은 손을 들어주세요."

교탁 앞에 선 아사키가 홈룸을 진행했다.

한 여학생이 말없이 손을 들었다.

2학년 A반 전원이 똑같은 경악을 공유했다.

물론 그녀의 등을 떠민 사람은 다름 아닌 나.

하지만 설마 정말로 입후보할 줄은 몰랐다.

손을 든 사람은 내 연인인 아리사카 요루카였다.

아리사카 요루카의 입후보에 2학년 A반은 모두 놀랐다.

그녀를 잘 아는 세나회 멤버들조차 눈이 휘둥그레졌고, 평소엔 조용히 지켜보는 칸자키 선생님도 좀처럼 믿어지지 않는다는 얼굴이었다.

요루카는 주변에서 쏟아지는 시선에 겁을 먹은 듯한 반응을 보이면서도 꼿꼿하게 손을 들고 있었다.

"그, 여학생 중에 문화제 반대표를 하고 싶은 사람은 또 없나요?"

학급 임원인 아사키의 질문에 반응은 없다.

"그럼 다른 입후보자가 없으니 아리사카에게 문화제 반대표를 부탁해도 될까요?"

"네."

아사키의 최종 확인에 요루카는 주저 없이 대답했다.

"그럼 여자는 아리사카로 정해졌습니다."

교실이 박수 소리로 차오르는 가운데 조용한 표정을 유지하는 요루카.

그런 그녀를 흥미롭게 바라보고 있던 내 시선을 알아차린 요루카는 '보지 마'라고 입을 뻐끔거렸다.

막상 현실이 되어도 조금 믿어지지 않는다. 내가 제안해 놓고서 이러는 것도 웃기지만, 그 아리사카 요루카가 자발적으로 학교 행사에 참가한다니 경천동지할 일이다.

교실의 술렁거림이 잦아들자 아사키는 홈룸을 계속 진행했다.

"다음. 남학생 중 하고 싶은 사람은 있나요?"

이렇게 되자 남자들은 움츠러들었다.

학교 최고의 미소녀 아리사카 요루카의 파트너로 반 부스를 지휘하는 건 다양한 의미에서 긴장되리라는 게 뻔했다.

평소 요루카는 나 말고 다른 남학생과는 거의 대화하지 않는다. 제로에서부터 친해진 뒤 준비를 진행하는 건 분명 힘들 것이다.

아무도 입후보하지 않는다면 역시 내가 반 대표도 받아들일 수밖에 없다.

그렇게 생각한 직후, 몇 없는 예외인 남학생이 나섰다.

"어쩔 수 없지. 내가 할게."

길쭉한 팔을 들어 올린 사람은 내 친구인 나나무라 류였다.

농구부의 에이스이자 여자를 밝히는 와일드 타입 미남. 나를 간사로 둔 세나회라는 친구 그룹을 발족시킨 장본인. 190cm에 가까운 장신은 그 단련된 근육질의 팔을 뻗기만 해도 존재감이 굉장하다.

"고맙긴 한데, 농구부는 괜찮아?"

나는 무심코 확인했다.

"친선 시합이 있으니까 문화제 첫날 오후는 전부 비워야해. 그거 말고는 문제없어."

"그럼 농구부에서는 부스가 없구나."

각 반이나 유명 그룹 말고도 부활동 부스가 있다. 문화계 부활동이 주축이지만, 운동부에서도 친선 시합 외에 간이 부스 같은 걸 하는 경우가 있었다.

내 질문에 나나무라의 입이 한일자로 닫혔다.

"뭐야, 그 불만이라는 얼굴."

"여자 꼬시느라 정신없을 것 같다면서 고문이 막았어."

"그럴 만도 하지."

나는 바다에서 나나무라가 저질렀던 일을 떠올렸다.

여름방학 여행 때 나도 나나무라의 헌팅에 휘말렸다. 심지어 연상의 누나를 상대로 보란 듯이 성공할 뻔했다. 칸자키 선생님이 개입하지 않았다면 대체 어떻게 되었을지.

"안심해. 문화제에 들뜬 여자들을 제대로 즐겁게 해줄테니까 기대하라고."

그게 불안한 거거든.

"너 때문에 에이세이에 나쁜 소문이 퍼지면 내년부터 문화제를 열지 못하게 되잖아."

농구부 고문의 영단을 강력하게 지지한다.

하지만 추진력이 강하고 요루카와도 그럭저럭 친한 나나무라가 반 대표를 한다면 나한테도 반에도 큰 이득이다.

다른 입후보자도 나타나지 않았기에 남자 반 대표는 당연히 나나무라 류가 되었다.

"그럼 둘 다 앞으로 나와서 한 마디씩 인사해주세요."

아사키의 부름에 응해 요루카와 나나무라도 칠판 앞에 섰다.

먼저 교탁 앞에 선 사람은 놀랍게도 요루카였다.

"나나무라가 활개 치고 다니지 못하게 하겠습니다. 전부 저지하겠습니다."

요루카는 단호하게 말했다.

그 선언에 다들 얼떨떨한 얼굴이 되었다.

한발 늦게 여자들에게서 '와아아!' 하며 찬성하는 외침이 터져 나왔다.

"잠깐, 잠깐만, 아리사카! 기껏 하는 문화제잖아. 빡빡한 소리 하지 말라고."

설마 처음부터 요루카에게 견제당할 줄은 상상하지 못한 건지 나나무라는 허둥지둥 끼어들었다.

대외적으로는 얌전한 이미지인 요루카가 선수를 치는 게 통쾌하다.

나는 완전히 말린 나나무라를 바라보며 크게 웃었다.

본래 요루카의 실무능력은 나를 훨씬 능가한다. 이 정도의 주도권을 잡는 것쯤은 식은 죽 먹기일 테지. 여태까지는 주변과 교류할 마음이 없어서 힘을 발휘할 일도 없었을 뿐이다.

아무튼 그 전설의 학생회장 아리사카 아리아의 여동생이니까.

교실 창가에서 홈룸을 지켜보고 있던 칸자키 선생님도

신기해하는 얼굴이었다.

"상식 문제잖아."

요루카는 천연덕스러운 얼굴로 나나무라의 항의를 흘려넘겼다.

"축제니까 좀 편하게 가자고."

"즐기는 건 중요하지. 하지만 너무 풀어지면 안 돼."

짐승을 방목했다간 2학년 A반의 부스는 남학생의 사욕을 채우는 수단이 될지도 모른다. 여학생들은 그 점을 민감하게 감지했던 건지 요루카의 주장에 이의를 제기하는 사람은 적어 보였다. 적당히 즐기는 건 좋지만, 지나치면 맞춰줄 수 없다는 소리다.

남학생도 사실 나나무라에게 편승하고 싶은 녀석이 많을 것이다. 하지만 이렇게까지 여학생이 단결한 상황에서는 나나무라를 옹호하는 목소리를 내기 어렵다. 경솔한 발언을 했다가 본인의 입장이 위태로워질지도 모른다는 타산이 돌아가면 얌전히 침묵을 지킬 수밖에 없다.

"세나의 영향력이 굉장한데. 아리사카도 이렇게 말을 잘하게 되다니."

나나무라가 의미심장한 미소를 지으며 나와 요루카를 번갈아 쳐다봤다.

"그, 그야 나와 키스미는 연인인걸. 당연히 영향 정도는 받지."

다른 애들이 보는 앞에서 요루카는 스스로 인정했다.

그 발언에 '오오' 하고 감탄하는 목소리가 터졌다.

2학년 A반의 학생들은 내가 4월에 연인 선언을 했을 때 요루카가 얼마나 당황했는지 다들 목격했다. 그 시절과 비교하면 아리사카 요루카의 당당한 애인 자랑은 놀라운 수준이다.

"어? 뭐야. 지금 이 반응 뭔데? 나 뭐 이상한 소리 했어? 키스미."

"요루카는 그렇게나 내게 영향을 받았구나. 감동했어."

나는 옆에서 감개무량하게 고개를 주억거렸다.

"키스미는 아니야?"

평소의 나였다면 여기서 솔직하게 영향을 받았다고 인정했겠지만.

"……비밀."

그냥 그렇게 대답했다.

"키스미?"

"저기요, 염장질은 그쯤 하자고. 아니면 계속 자랑하고 싶은 거야?"

나나무라가 놀렸다.

"아, 아무튼 문화제 반 대표를 맡은 이상 열심히 하겠습니다. 여러분도 부디 협력해주세요!"

요루카는 마지막으로 그렇게 덧붙이며 인사를 마쳤다.

나는 솔직히 안심했다.

요루카는 생각했던 것보다 더 제대로 의사를 표명하고

있다.

나나무라가 파트너인 덕분에 세나회와 함께할 때의 감각으로 행동할 수 있다는 것도 크다.

다음으로 나나무라가 교탁 앞에 섰다.

"내 인사는 생략. 바로 뭘 할지 정하자. 왜냐하면 나에게 최고의 아이디어가 있거든."

나나무라가 갑자기 본론에 들어가는 바람에 나와 아사키는 자신의 자리로 돌아갈 타이밍을 놓쳐버렸다.

불길한 예감이 든다.

"불쑥 시작하지 마. 최고의 아이디어라니, 뭔데."

"이걸 들으면 세나도 고개를 끄덕일 수밖에 없을걸."

"안이하구나, 나나무라."

나는 여유로운 미소를 지었다.

여름방학에 연인의 수영복 모습까지 본 남자다. 어지간한 제안으로 나를 꼬드길 수 있다고 생각한다면 크나큰 착각이다. 비상식적인 내용이라면 남자친구로서 전력으로 저지한다.

나나무라는 나를 빤히 바라본 뒤, 교실에 있는 남학생들을 향해 속삭이듯 선언했다.

"──바니걸이야."

"바니걸이라고?"

순식간에 마음이 흔들렸다.

"그래, 남자의 로망이지."

나나무라의 방식은 지극히 직설적이었다.

어지간한 수준의 제안이 아니다.

지나치게 섹시했으며, 동시에 저항할 수 없는 매력으로 넘쳐났다.

이 남자가 반 대표가 된 진정한 목적은 이거다. 입장을 이용해서 사욕을 밀어붙일 생각으로 가득한 거다. 욕심이 많은 남자에게 권력을 쥐어주면 폭주하는 전형적 케이스다.

"하지만 바니걸이라니 너무 참신한데."

나는 신중하게 말을 고르면서 이성적인 태도를 유지하려 했다.

"메이드나 평범한 코스프레로 갔다가 다른 곳과 겹치면 안 되잖아!"

"바니걸이라면 다른 곳보다 눈에 띈다고?"

"섹시 앤드 큐티로 손님이 쇄도할걸."

그야 확실히 여고생이 바니걸 의상을 입으면 어마어마한 인기를 누릴 것이다.

"바니걸 의상을 입고 구체적으로는 뭘 할 건데?"

"바니걸하면 카지노지. 카지노 카페 콘셉트로 게임을 즐기게 하는 거야."

"문화제에서 도박은 아웃이거든."

"돈은 안 걸어. 음료수 한 잔당 게임 하나."

"……몇 잔씩 주문하는 사람이 나오는 거 아니야?"

"어지간히 목이 마른가 보네. 뭐, 손님의 갈증을 축여주는 게 카페잖냐."

나나무라는 아주 흉악한 표정을 지었다.

아무리 생각해 봐도 다른 목적을 위해 음료를 여러 잔 주문하게 만들 생각이다.

"그리고 세나, 네 본심에 대고 물어봐. 너도 아리사카의 바니걸 모습을 보고 싶지 않아?"

악마의 속삭임에 나는 머릿속으로 요루카의 바니걸을 상상했다.

긴 토끼 귀 머리띠, 나비넥타이가 달린 목 카라, 어깨를 노출한 레오타드가 광택으로 반질거리고 손목에는 흰색 커프스, 엉덩이에는 동글동글 귀여운 꼬리, 검은색 망사 스타킹에 하이힐.

그걸 입은 요루카가 부끄러워하는 모습. 완벽했다.

보고 싶어!

진심으로 보고 싶어!

지나치게 잘 어울리잖아.

상상만으로도 이렇게나 섹시하고 큐트한데 실물을 본다면 나는 어떻게 되는 걸까. 제대로 된 정신상태를 유지할 자신이 없다.

요루카의 어리광이 대담해진 현재, 그런 섹시한 의상으로 바싹 달라붙는다면 나는 분명 참을 수 없을 거다.

"자, 세나. 너도 바니걸 지지자가 되지 않겠어? 나와 함께 설득해. 그리고 마구 밀어붙여서 돌파하는 거다."

나는 머리를 부여잡았다.

이대로 어둠 속으로 타락해도 되는 걸까.

요루카의 경고 정도로 포기할 나나무라가 아니었다.

오히려 나를 끌어들여서 자신의 의견을 실현하려 한다.

요루카의 아킬레스건인 나를 이용하다니, 정말 비겁한 남자다.

어느새 나와 나나무라 두 사람의 무대가 되어 있었다.

"뭘 바보같이 진지한 얼굴로 고민하는 거야."

황당해하는 요루카.

"물 만난 고기처럼 활력이 넘치네, 저 두 사람."

싸늘한 아사키.

"스미스미와 나나무는 여전히 사이가 좋구나~~."

가볍게 흘려넘기는 듯한 미야치.

다른 여학생도 대충 비슷한 반응이었지만, 남학생은 우리에게 희망을 보는 표정인 녀석도 많았다.

"그럼 여자들 의견도 듣자. 하세쿠라는 어때? 적어도 손님은 많이 올걸."

나나무라는 무모하게도 아사키를 지명했다. 모두의 시선이 아사키에게 모였다.

"괜찮네. 호객 효과가 있다는 건 확실하고, 아이디어 자체는 나쁘지 않아. 우리 반에는 미인이 많으니까 나나무라의 기획이 실현되면 굉장히 인기를 끌겠지."

놀랍게도 아사키에게서 긍정적인 의견이 나왔다.

"봐, 학급 임원 중 한 명이 OK했다고! 너희는 어때?"

분위기가 바뀌었다는 양 나나무라는 단숨에 강한 태도로 몰아갔다.

아사키의 너무도 뜻밖인 대답에 나는 허를 찔렸다.

요루카도 제정신이냐는 듯 아사키의 얼굴을 쳐다봤다.

"나나무라. 뭔가 착각하는 것 같아서 하는 말인데, 그 아이디어는 내가 거부할 필요도 없었을 뿐이야."

"…………뭐?"

"문화제에 코스프레가 많은 건 예쁜 의상을 입으면 여자들 본인도 신이 나기 때문이지. 하지만 불특정 다수에게 보여주는 건 별개야. 무엇보다——칸자키 선생님이 허락할 리 없잖아."

아사키는 무슨 뻔한 소릴 하게 만드냐는 듯 설명했다.

지금까지 침묵을 지키고 있던 칸자키 선생님이 마침내 입을 열었다.

검은 머리카락이 아름다운 전통풍 미인 담임은 그 점잖은 얼굴에 고요한 분노의 색을 띠고 있었다.

"나나무라 학생. 무언가 무척 재미있는 발언을 하더군요. 뭐라고 했죠? 한 번 더 말해주시겠어요? 고등학교 문화제에는 너무나도 적절하지 않은 단어가 들린 건 제 착각이죠?"

온화하게 말하면서도 눈은 웃지 않는다. 분위기에서 이미 기각이라고 말하고 있다.

"선생님, 저는 그저 활발하게 논의하는 분위기를 만들기 위해 제 의견을 늘어놓은 것뿐입니다. 그렇지? 세나!"

"나, 나를 끌어들이지 마! 바니걸 얘기를 꺼낸 건 나나무라잖아!"

"학교 행사에서 바니걸이라니 무슨 망언입니까!"

칸자키 선생님의 벼락이 떨어졌다.


잠깐 휴식.

칸자키 선생님의 짧지만 엄한 설교 후, 다시금 부스 종목에 대한 의견을 내게 되었다.

역시 간간한 먹거리와 음료를 마련하는 음식점 계통의 제안이 많았다.

다만 전부 흔한 아이디어라 영 결정타가 부족하다. 굳이 참신하게 갈 것 없이 흔한 걸 하자는 파벌과 기왕 하는 건데 독특한 걸 하고 싶다는 파벌로 세력이 양분되었다.

진행이 막히자 나나무라는 나에게 의견을 구했다.

"세나는 뭘 하고 싶어? 나는 바니걸 말고는 생각한 게 없어서 항복이야."

"단순히 자기가 보고 싶은 의상인 거잖아."

욕망에 너무 충실한 거 아니냐.

"예쁜 옷을 입은 여자아이를 바라보기만 해도 행복해질 수 있다고."

"모두가 보는 앞에서 그렇게 말할 수 있는 나나무라의 정신력이 너무 강한데."

"남자는 로망을 추구하는 생물이거든."

"일리는 있지만. 진지한 이야기를 하자면 조금 더 음식과 의상 사이에 통일감이 있는 게 좋을 것 같아."

"예를 들어?"

나는 생각에 잠겼다. 계절은 가을, 쌀쌀한 날이 점점 늘어났다. 추워지기 시작한 이 계절에는 따뜻한 것을 찾게 된다. 출출한 배로 집에 돌아가던 도중 편의점에 들렀을 때의 기억이 떠올랐다. 따뜻한 음료와 함께 사먹곤 했던 건——.

"고기만두. 그래, 중화만두야. 그걸 제공하는…… 얌차 카페! 복장은 차이나드레스. 콘셉트에 통일감도 있고 신선함도 있지 않아?"

번뜩 떠올린 것을 그대로 말했다.

"그거다, 세나! 차이나드레스 나이스!"

나나무라는 긍정적인 반응이었다.

"나도 찬성. 여행 갔을 때 기념품으로 산 차이나드레스도 있거든."

해외여행을 여러 번 다녀온 요루카. 본인의 옷 중에 차이나드레스가 있다니 역시는 역시다.

"나는 내가 어레인지한 의상을 입고 싶어! 그런 것도 괜찮지?"

미야치가 희망 사항을 덧붙였다.

"얌차 카페라면 타피오카 밀크티도 같이 낼 수 있을 것 같아. 중국차도 따뜻하게 제공할 수 있겠지만, 그러면 회전율이 떨어지려나?"

아사키는 이미 현실적인 문제를 시뮬레이션하고 있었다.

"뜨거우면 식을 때까지 기다리니까 한 테이블당 머무르는 시간이 길어지겠지. 그걸 고려하면 중화만두를 찌는 것도 시간이 걸려. 더 빠르게 제공할 방법은 없을까."

요루카가 한층 문제점을 꼽았다.

"그럼 음료는 아이스로, 중화만두는 핫플레이트로 데우면 시간을 단축할 수 있을 거야. 군만두나 구운 샤오룽바오처럼 구운 고기만두를 내는 거지."

"확실히 그렇게 하면 빨리 되겠는데."

내 의견에 요리를 잘하는 요루카가 찬성하자 '그거다!'라며 반 아이들이 일제히 의견을 모았다.

이리하여 2학년 A반의 부스는 얌차 카페로 정해졌다.

무사히 홈룸을 마치고 점심시간이 되자마자 나나무라가 달려와 내 어깨를 붙잡았다. 변함없이 근육질인 팔이 묵직하다.

"세나, 잘했어! 나이스 아이디어야."

"그냥 직감이야."

"말은 그렇지만 사실은 아리사카의 차이나드레스를 보고 싶었던 거 아니야?"

"나는 요루카가 입는다면 어떤 옷이든 보고 싶어."

"여전히 열렬하네."

"나나무라, 입후보해줘서 고마워. 요루카를 부탁할게."

"뭐. 반 쪽은 맡기고, 너는 밴드에 집중해. 미메이는 음악엔 진지하니까 설렁설렁하면 귀찮아질걸."

"전 남친의 말은 무겁구나."

링크스의 리더 카노 미메이와 나나무라 류는 작년 여름에 잠깐이지만 사귄 적이 있다.

"그 녀석과는 섹스도 안 했는걸. 그렇게 깊게 사귄 사이도 아니야. 방심하지 말라고, 세나. 영원하지 않도다, 여자의 사랑과 지갑의 돈!"

나나무라가 연애 선배 노릇을 하며 위협했다.

"운율 하나도 안 맞는다."

"하지만 사실인걸. 여자는 잔인하다고. 아무리 정이 많은 사람이어도 잘라낼 때는 칼 같아."

"무서운 소리 하지 마. 요루카에겐 해당 사항 없어."

"홋, 고등학생의 연애 따위는 덧없는 법."

"명심은 해두마."

나나무라의 충고를 흘려넘긴다고 해도 이후에 짜인 다망한 스케줄을 생각하면 일말의 불안이 스친다.

식당으로 향한 나나무라와 교대하듯 요루카가 도시락을

들고 내 책상으로 다가왔다.

나는 기타 연습 시간을 확보하고 싶어서 2학기가 된 뒤로 요루카와 교실에서 점심을 먹게 되었다.

빠르게 먹은 뒤 바로 케이스에서 기타를 꺼냈다.

요루카와 대화하면서도 왼손으로는 코드 진행을 연습하고 오른손으로는 스트로크를 쳤다.

"뭔가 하세쿠라는 내가 입후보해도 반응이 없었던 게 신경 쓰여."

요루카는 살짝 목소리를 죽이고 말을 꺼냈다.

"놀라던데?"

"너무 얌전하다고. 이렇게 나답지 않은 일을 했는데 깔끔하게 무시하다니 뒷맛이 나빠."

"생각이 지나친 거야."

"역시 2학기가 된 뒤로 하세쿠라의 상태가 좀 이상하지 않아?"

"으음, 고민이라도 있다거나."

"하세쿠라의 고민이라면 키스미를 어떻게 돌아보게 만드냐잖아."

"아사키는 그렇게까지 연애에 빠져있지 않아."

"학생회장인 하나비시의 고백마저 거절했잖아. 그런 일 편단심은 꽤 강하다고."

나는 기타를 튕기던 손을 멈추고 요루카의 얼굴을 봤다.

"아사키가 고백받는 것 자체는 별로 드문 일도 아니잖아.

친근한 태도에 인간관계도 능숙하니까 당연히 인기도 많아. 1학년 때부터 많이 고백받았어."

나는 객관적인 사실을 알렸지만, 요루카는 아직 수긍하지 못한 모양이었다.

"그럼 만약에, 요루카는 하나비시에게 고백받으면 OK할 거야? 잘생겼고 똑똑하고 돈도 많은 삼박자를 갖춘 고스펙이니까."

"싫어. 뺀질거리는 사람은 무리야."

"그런 거야. 조건이 좋다고 고백 성공률 100%인 건 아니잖아."

"애초에 연애에 중요한 건 조건보다는 감정의 크기니까. 그렇지?"

요루카는 웃었다.

"뭐, 성공률 0%에서 요루카의 사랑을 쟁취한 나로서는 동의할 수밖에 없겠네."

"지금 돌아보면 처음부터 키스미는 다른 사람과 달랐어. 그런 의미에서는 100%야."

요루카는 가슴을 펴고 대답했다.

"바로 OK하지 않고 도망친 사람이 어디의 누구시더라?"

"좀, 이제 그만 그 일은 용서해줘. 너무 기뻐서 패닉에 빠지는 건 난생처음이었으니까 어쩔 수 없잖아."

놀림을 받자 장난을 섞어 화낸다.

이런 식으로 편하게 대화하는 게 어느새 일상이 되었다.

우리가 둘이 같이 있는 모습도 주변에서 당연하게 받아들인다.

세나 키스미와 아리사카 요루카라는 커플은 공공연한 관계로 인식되고 있다.

호기심이나 질투의 눈으로 쳐다보지 않는다는 게 무척 편하다.

"정말, 효율 같은 걸 너무 따져도 문제라니까."

요루카와의 관계도 기타 숙련도도 시간을 들이지 않으면 다음 단계로 넘어갈 수 없다.

"……요루카는 아사키가 평소 상태로 돌아가도 괜찮아?"

내 질문에 요루카는 엉뚱한 대답을 돌려줬다.

"바보 같긴. 하세쿠라의 상태가 이상하면 키스미의 부담이 늘어나잖아. 어차피 내버려 두지 못해서 부탁하지도 않았는데 멋대로 도와줄 거 아냐. 그 때문에 키스미가 쓰러지면 모두가 곤란해진다고."

요루카는 나를 염려하면서도 나무랐다.

"……날 걱정하는 거구나."

"당연하지. 나는 키스미가 제일 소중한걸."

"요루카, 껴안아도 돼."

나는 연인의 깊은 애정에 감동해서 무심코 그런 말을 해 버렸다.

"여긴 교실이라고, 바보야."

나는 새삼 요루카에게 걱정끼치지 않겠다고 맹세했다.

◇ ◇ ◇

방과 후. 문화제 실행위원회의 정기회의가 끝나고 밴드 연습하러 가기 전, 나는 아사키와 대화하기로 했다.

"내 고민? 글쎄, 빨리 메인 무대 스케줄을 확정시키고 싶다?"

"아니, 아사키의 개인적인 문제 얘기야."

"갑자기 왜 그래? 아리사카와 싸워서 나에게 응석 부리고 싶어졌어?"

막상 이렇게 단둘이 이야기하자 아사키는 평소와 같은 태도였다.

"그런 게 아니고."

"뭐야, 아쉬워라. 파트너니까 사양하지 말고 기대도 괜찮은데. 연애 측면에서도."

의미심장하게 받아치기만 할 뿐, 정작 질문에는 대답하지 않는다.

나는 한 걸음만 더 파고들기로 했다.

"아사키, 2학기가 된 뒤로 생각에 잠기는 일이 늘어난 것 같으니까."

"그래? 하지만 키스미와 대화할 때는 멀쩡하잖아?"

흐지부지 얼버무리는 듯한 대답이었다. 역시 무슨 일이 있는 건 틀림없다.

"나는 아사키가 평소처럼 지내길 바라는 것뿐이야. 말하기 싫다면 억지로 말하지 않아도 돼. 다만 신경 쓰여서."

"날 봐주고 있었구나. 고마워."

아사키는 모호하게 웃으며 그 이상의 추궁을 피하려고 했다.

"자, 밴드 연습해야 하잖아. 열심히 해. 나도 기대하고 있으니까."

아사키는 일방적으로 대화를 끊고 복도를 걸어갔다.

그 뒷모습을 바라보며 나는 크게 외쳤다.

"아사키! 나도 파트너니까! 사양하지 말고 기대도 괜찮아!"

"……, 필요할 때는 그렇게 할게!"

뒤를 돌아본 아사키의 목소리는 밝았지만, 그 미소에는 어딘가 그늘이 진 것처럼 보였다.

"더는 무리야. 도저히 잘 칠 수 없다고!"

집중력이 완전히 끊어진 나는 성대하게 징징거렸다.

기타를 스탠드에 올려놓고 바닥에 대자로 뻗었다.

현을 누르는 손가락이 아프고, 스트로크를 위해 굽히고 있던 팔은 피곤하다. 힘이 너무 들어갔던 건지 피크를 들던 오른손을 놓자마자 얼얼하게 마비되는 듯한 감각이 밀려들었다. 어깨끈이 파고들었던 왼쪽 어깨도 무겁다.

11월의 문화제까지 앞으로 3주.

실전이 닥칠수록 나는 더욱 초조해졌다.

"카노의 지도방식, 점점 스파르타가 되어가네."

나를 염려하듯 요루카가 옆에 쪼그려 앉았다.

다른 세 사람은 점심 휴식을 이용해 장을 보러 나갔다.

"카노 미메이가 작사작곡을 맡은 오리지널곡. 초보인 나도 연주하기 쉬운 단순한 코드 진행이면서도 관객이 호응하기 좋은 멜로디라서 무대에도 적절. 심지어 방과 후에는 맨투맨으로 열혈 지도. 이렇게 연습했는데도 아직 실수 없이 친 적이 없다니!"

"여름에 시작했을 때보다는 훨씬 들을 만해졌어. 세 곡이나 연습하면서 한 달 반 지난 것치고는 굉장한 성장이야."

"친절한 격려에 눈물이 날 것 같아."

내가 고개를 휙 옆으로 돌리자 니삭스를 신은 요루카의 다리가 눈에 들어왔다. 그걸 위로 더듬어 올라가자 하얗고 눈부신 허벅지, 그리고 치마 안쪽으로——.

"어딜 보는 거야?"

요루카는 다리를 딱 오므리고는 엉덩이 쪽 치마를 손으로 눌렀다. 철벽 방어 앞에서 내 파렴치한 시선이 갈 곳을 잃어버렸다.

"아니, 소소하게 시각적 힐링을 추구해 봤지."

"변태."

"불쑥불쑥 에로로 도망치고 싶을 만큼 마음이 약해졌다고."

"키스미가 이렇게 약한 소릴 하는 건 처음 봐."

"지금 딱 평범한 인간의 한계에 직면했어."

"호들갑은. 땀으로 푹 젖을 만큼 진지하게 연습하고 있잖아. 녹초가 될 만도 하지. 점심 먹고 나면 기분도 바뀔 거야."

평소와 달리 오늘은 요루카가 격려하는 쪽이다.

"탈수 증상이 올지도."

"제대로 수분 보충해봐."

요루카는 내 페트병을 옆에 내려놨다.

이미 한 모금밖에 남아 있지 않아서 단숨에 쭉 비워도 목마름은 건재하다.

"부족해. 전부 청춘의 땀방울로 빠져버렸어."

"다들 돌아올 때까지 못 참겠다면 1층에 있는 음수대에

간다거나."

"무리. 움직이는 것도 귀찮아."

"많이 지쳤구나."

"……재능이 없는 내가 원망스러워."

"삐지지 마. 초보니까 어쩔 수 없다고."

"잠이 부족할 정도로 연습하고 있는데 늘어날 기색이 보이지 않으니까."

천장을 바라보았다. 진지하기 때문에 원하는 대로 칠 수 없다는 게 속상하다.

"아직 본 무대까지 시간은 있으니까 조급해하지 마. 키스미라면 반드시 할 수 있어."

"그래……."

나는 힘이 빠진 목소리로 대답하는 게 고작이었다.

"키스미?"

큰일이다. 누워서 그런가 꾸벅꾸벅 졸음이 쏟아졌다. 눈꺼풀이 멋대로 내려간다.

그러자 나를 받쳐주듯 따뜻한 감각이 딱 달라붙었다.

"……바닥에 누우면 교복에 먼지 묻어."

"하지만 좋아하는 사람이 누워있는걸. 나도 휴식."

요루카도 나와 함께 누워버렸다.

조금 전까지는 폭음이 울려 퍼지던 연습실도 지금만큼은 조용한 정적이 가득했다.

요루카는 불쑥 내 목덜미에 코를 들이밀었다.

"땀 냄새 나."

"좋아하는 냄새야."

"향수는 안 뿌렸는데."

"키스미의 냄새 말이야."

"되게 두근거리는 말이네."

"나도 수분 보충할까."

요루카의 혀가 내 쇄골 부근을 날름 핥았다.

"요, 요루카?!"

"왜?"

"지, 지금…… 핥았어?"

"짜더라."

"그야 땀이니까."

다시 얼굴을 옆으로 돌리자 요루카의 얼굴이 코앞에 있었다.

누운 채로 가까운 거리에 연인이 있다는 이 상황은 처음이 아니다. 막 사귀기 시작했던 봄에 비가 내려서 요루카가 우리 집에서 자고 갔을 때의 일을 떠올렸다.

그 무렵엔 아직 서로 적절한 거리를 가늠하는 듯한 느낌이었다. 한 방에서 밤을 보내는 것만으로도 두근거렸는데, 다음 날 아침에 눈을 뜨자 바로 옆에 요루카가 있어서 깜짝 놀랐다. 제대로 몸을 움직이지도 못했고, 결국 잠에 취한 요루카가 끌어안자 내 쪽에서 도망치고 말았다.

하지만 지금은 자연스럽게 바싹 붙어 있을 수 있다.

"굉장히 가깝네."

"가깝지."

눈과 눈이 마주쳤다. 말은 필요 없다.

우리는 누가 먼저랄 것 없이 입술을 겹치려고 가까이 다가갔다.

"거기 두 사람! 연습 중에는 연애 금지! 여기는 음악을 위한 신성한 장소니까! 세나키스도 아리사카도 스킨십은 나중에!"

연습실에 돌아온 우리 밴드 링크스의 리더, 카노 미메이가 긴 금발을 휘날리며 일갈했다. 나에게 기타를 가르쳐주는 그녀는 끝내주는 기교의 멀티 플레이어이자 누구보다도 음악에 정열적이며 진지한 경음악부의 카리스마다.

그 때문에 밴드 연습 때는 지옥의 교관으로 변모하지만.

뒤에는 같은 반의 미야우치 히나카와 학생회장인 하나비시 키요토라가 우리가 먹을 점심이 든 봉투를 들고 쓰게 웃고 있었다.

"스미스미와 요루요루는 정말 러브러브하다니까."

우리의 시작부터 지금까지를 쭉 알고 있는 아담한 금발 미야치가 온화하게 눈꼬리를 접었다.

"서로 사랑하는 연인이 있다니 부럽구나."

상큼한 미남으로 인기인인 하나비시는 어딘가 부러워하는 눈빛으로 사랑을 칭송하는 듯했다.

우리는 허둥지둥 몸을 일으켜 변명했다.

보컬 미야우치 히나카, 기타 세나 키스미, 베이스 카노 미메이, 키보드 아리사카 요루카, 드럼 하나비시 키요토라. 이 다섯 명이 결성한 밴드가 링크스이다.

◇ ◇ ◇

식사를 마치자 바로 오후 연습이다.

"세나키스, 손가락의 강약 조절이 어설퍼. 그런 터치로는 좋은 소리가 안 나와. 더 음악을 깊이 사랑해! 여자친구를 대하는 것처럼 섬세하면서도 정중하게! 아리사카를 울린다고 생각하고!"

"흐억?!"

옆에서 듣고 있던 요루카가 괴성을 지르며 키보드가 빗나갔다.

연주가 중단되었다.

"카노, 섹드립은 하지 마. 요루카는 그런 쪽으로 내성이 없다고."

"아니야. 진지한 조언이라고!"

"감성이 너무 독특해."

"평범하게 하면 특별해질 수 없어!"

카노 미메이는 진지한 얼굴로 대꾸했다.

일본인 같지 않은 탁월한 체형과 이목구비가 뚜렷한 화려한 얼굴에 까무잡잡한 피부, 살짝 구불거리는 금발. 카

바로 기분이 좋아진 카노에게 나는 미리 못을 박았다.

"하지만! 현실적으로 내 실력에선 악보대로 기타를 치는 게 최선이야. 실전에서 발목을 잡지 않는 수준이 되면 충분하니까."

"안이해. 세나키스는 아직 기초 단계라고. 지금은 토대를 만드는 중이야. 게다가 악보대로 치는 선에서 만족하지 마! 골은 더 위에 있어!"

"카노는 나를 어떤 식으로 키울 생각인 거야?"

"내 요구는 세나키스가 느끼는 충동을 그대로 소리에 실어내는 거야."

"그것참, 굉장히 레벨이 높고 추상적인데."

"초보라서 와닿지 않는 것뿐이야. 나중엔 그저 연주하는 것만으로는 부족해져서 자신의 감정을 싣고 싶어지는 법이니까."

카노는 자신만만하게 예언했다.

"그런 여유는 없어."

"여유가 아니라 충동이야, 세나키스."

"그런 거야?"

맞는 소리를 내는 것만으로도 버거운 지금의 나로서는 도저히 상상이 가지 않는다.

"세나키스도 실전까지는 그렇게 되면 좋겠어."

"너무 높은 목표 설정은 아무도 행복하게 해줄 수 없어."

"그렇지 않아!"

카노는 눈을 반짝반짝 빛내며 반론했다. 성공 말고는 보이지 않는 모양이다.

"카노, 관객은 대부분 네 연주를 들으러 오는 거야. 내가 문화제까지 네 수준을 따라잡는 건 불가능하거든."

소년만화처럼 갑자기 숨어있던 재능이 각성해서 레벨 업하는 전개는 존재하지 않는다.

"내가 라이브에서 느껴주길 바라는 건, 링크스만이 만들 수 있는 케미스트리야. 연주 기술만이 아니라. 나와 밴드를 맺은 이상 모두가 주역이라고. 아무도 들러리가 아니야."

카노는 발끈하며 주장했다.

"그야 최선은 다할 거고, 최대한 좋은 연주를 들려주고 싶어. 하지만 나 같은 초보의 첫 무대가 문화제의 피날레를 장식한다니, 아무리 생각해도 난도가 높지 않아?"

링크스는 문화제 둘째 날 메인 무대의 마지막 순서를 담당한다.

리더 카노 미메이의 실적과 기대치 때문에 끝 순서 출연은 처음부터 확정이다시피 했다.

경음악부 오디션에 참가한 건 우리의 연주를 보고 싶다는 카노의 강한 희망 사항이었다.

링크스의 완성도는 빈말로도 칭찬을 들을 수준이 아니었다.

──이 밴드에는 문제가 있다.

먼저 멤버 간 실력 격차가 크다.

프로급 연주 기술로 베이스를 치는 카노 미메이. 오디션에서도 사실상 카노의 그루브감이 넘치는 베이스로 밀어붙인 셈이었다.

정반대로 초보인 나. 이건 말할 필요도 없으니 생략.

하나비시의 드럼은 실수가 없고 정확한 리듬을 만들어내며 밴드를 받쳐준다. 다만 카노의 말로는 재미가 부족하다고 한다. '리듬은 규칙적이지만 감정이 없어서 기계적이야'라는 평가에 하나비시는 난감한 표정을 지었다.

미야치의 보컬도 무척 안정적이어서 경음악부 부원들 앞에서도 문제없이 노래했다. 적어도 나에게는 그렇게 들렸다. 하지만 또다시 카노에게서 '히나카는 너무 사려. 좀 더 자신을 전면으로 내세워'라는 추상적인 지적을 받았다. 미야치는 짐작 가는 바가 있는 모양이었다.

그리고 요루카. 연주 기술은 내가 자신감을 갖고 합격 도장을 찍을 수 있다. 카노도 그 부분은 신뢰하는 모양이다. 하지만 막상 관객 앞에서 건반을 두드리면 시선에 긴장해서 실수 연발. 연주 자체도 뻣뻣해지면서 영 생동감이 죽어버리니 본래의 실력을 전혀 발휘하지 못했다.

"전원이 주역이라니, 나는 곤란해. 실전에선 카노에게 주목이 쏠리는 게 나아."

요루카는 솔직하게 불안한 심정을 털어놓았다.

"그건 어려워. 아리사카에게는 절대적인 화려함이 있는 걸. 그건 아무에게나 있는 게 아니야. 예쁜 애들이 무대에 우르르 올라간다고 전원 기억에 남는 건 아니잖아. 하지만 아리사카에겐 그중에서도 깊은 인상을 남기는 특별한 것이 있어."

카노는 단언한다. 그녀는 부모가 음악 관련 종사자라 수많은 프로의 무대를 그 눈으로 봤을 것이다. 그렇기에 압도적인 설득력이 느껴졌다.

나도 카노와 같은 의견이다.

요루카처럼 특별한 여자아이에게는 모두가 시선을 빼앗긴다.

"세나, 아리사카를 위해 무대 조명을 어떻게 할 수는 없을까?"

학생회장인 하나비시가 나에게 의견을 구했다.

"요루카에게 관객의 시선이 쏠리지 않도록 하는 라이팅 자체는 가능할 거야. 하지만 어쨌거나 문화제 메인 무대의 피날레잖아. 일단 메인 무대 담당으로서는 마지막에 화려하게 분위기를 띄우는 연출을 쓰고 싶다는 욕심도 있어서……."

연인으로서는 요루카의 마음을 따르고 싶지만, 문화제 실행위원회의 일원으로서는 모두의 추억에 남을 만한 피날레를 만들고 싶다.

"스미스미도 난감한 입장이구나. 딱 일과 나 중 어느 쪽이 소중하냐는 딜레마야."

미야치도 나를 안쓰러워하면서도 조금 즐기고 있었다.

"나도 학생회장이라는 입장에서는 화려한 연출에 한 표야."

당연히 하나비시도 그렇게 대답했다.

"하나비시야말로 맥 빠지는 소리만 내지 말고, 더 빰! 하게! 연출보다 연주!"

"나는 정확하게 두드리고 있지 않나."

"악보대로는 하고 있지만, 최근 소리가 붕 떠 있어. 상심해서 리듬이 무너진 것 같아. 2학기 들어서 무슨 일 있었어?"

"……미메이는 정말 귀가 섬세하구나."

하나비시는 항복이라는 듯 드럼 스틱을 일단 내려놓았다.

"이렇게 된 거 들어줘. 나는 지금 심각한 상처를 입고 고뇌하고 있거든. 그 상처의 아픔이 하루하루 커지고 있지."

하나비시는 시선을 내리뜨고 조용히 털어놓았다.

그 우수에 젖은 얼굴은 여자의 동정심을 자극하는 모양이었다. 그냥 잘생기기만 한 게 아니라 이런 사소한 동작 하나하나가 여심을 자극하니까 인기가 많은 거겠지.

"상처라니, 어디 다치기라도 한 거야?"

모두를 대표해 내가 물었다.

"──실연의 아픔이 너무도 괴로워."

하나비시는 지극히 진지한 얼굴로 대답했다.

다른 세 사람은 어마어마하게 흥이 깨진 반응이었다.

"플레이보이의 실연이라니, 진짜 한층 귀찮아졌잖아."

미야치가 기가 막힌다는 목소리로 뱉어냈다. 이 가차 없는 발언이 여성진의 마음을 대변하고 있었다.

"어? 하나비시가 누굴 좋아하는데? 누구에게 차인 거야?

아리사카는 알아?"

"우리 반의 하세쿠라."

"……왜 좀 퉁명스러운 건데?"

카노와 요루카는 뭐라고 속닥거리고 있다.

"세나, 나에게도 첫 경험이야. 친구의 위기를 도와주지 않겠어? 이래서는 제대로 드럼을 칠 수 없다고!"

"아니, 그건 축제 전까지 어떻게든 기운 내라는 말밖에 못 하겠는데."

안타깝게도 이것만큼은 나도 무난한 소리밖에 해줄 말이 없다.

아사키에게 차였다고 들은 지도 두 달 가까이 지났는데 아직 마음의 상처가 덜 나은 모양이었다.

"인기남이면서 실연 하나로 그렇게까지 무너지는구나."

사랑에 휘둘리는 심정은 나도 뼈저리게 이해한다.

진지한 연애감정은 달콤하지 않다.

나도 요루카에게 고백하고 답이 미뤄졌을 때는 계속 안절부절못했다.

내 감정을 제어하지 못하고 상당히 괴로웠던 건 지금도 잊기 어렵다.

그 점에서 하나비시는 지금까지 주변에 들키지 않고 학생회장 일을 잘 수행했다고 본다.

그는 문화제 실행위원회의 리더로서 해야 할 역할을 냉정하게 맡아왔다.

오히려 링크스가 숨겨두었던 상처를 토할 수 있는 장소가 되었다는 건 요행 아닐까.

"……아쉽게도 진짜 좋아하는 사람은 별개였던 모양이야."

평소에는 낙천적으로 해피 아우라를 뿌리고 다니는 미남이 먹구름이 낀 하늘처럼 우중충해졌다.

"너는 미련을 끌지 않는 남자인 줄 알았어. 더 깔끔하게 다음 사랑으로 넘어갈 것 같았는데."

연애를 가볍게 즐길 수 있는 사람은 횟수를 거듭할수록 사랑에 특별함을 느끼기 어려워진다.

"나도 그런 줄 알았지. 아니, 그렇게 생각하려 했어. 하지만 진심의 아픔은 도저히 얼버무릴 수가 없네."

인기가 많다는 게 실연의 아픔을 모른다는 뜻이 되진 않는다.

하나비시의 얼굴을 보고 나는 새삼 그것을 배웠다.

"그렇게 약한 소리를 제대로 털어놓을 수 있는 네가 대단해."

"아사키, ——하세쿠라 앞에서는 어떻게든 마지막까지 침착할 수 있었지만. 꼴사나운 모습을 보여서 미안해."

"힘들 때는 우는 소리를 해도 괜찮아."

"하지만 우리 리더는 내 드럼이 불만인 모양이야."

카노는 팔짱을 끼고 하나비시의 말에 고개를 끄덕였다.

"그럼 분노의 드럼이든 슬픔의 드럼이든 괜찮으니까, 카노가 말하는 충동을 실은 연주라는 걸 해 보는 건 어때?"

"그거 좋다! 역시 세나키스, 내 가르침을 잘 이해했잖아!"

카노는 만족스럽다는 듯 얼굴이 환해졌다.

"이 정도의 이해여도 되는 거냐."

나는 쓰게 웃었다.

"있잖아, 원래는 오늘 연습 끝날 때 말하려고 한 건데 제안이 하나 있거든."

이상이 높은 리더 카노 미메이의 눈이 불타고 있었다.

"다들 바쁘니까 다섯 명이 밀도 높게 연습할 수 있는 날은 별로 없잖아?"

아무래도 그녀가 말하는, 다섯 명의 케미스트리를 강화하고 싶은 모양이었다.

음악 사랑이 너무 강한 카노, 소극적으로 노래하는 미야치, 완전한 초보인 나, 시선에 긴장하는 요루카, 상심한 하나비시.

"학교에서 모이면 저녁에는 끝내야 하잖아. 밖에서 스튜디오를 빌리는 것도 돈이 드니까, 다음 주 주말에 우리 집에 있는 스튜디오에서 강화 합숙하자!"

""""합숙?!""""

악마 교관의 명령에 우리 네 사람이 쓸 수 있는 거부권이 없다는 건 말할 필요도 없다.

# 막간 1

2학년 A반의 얌차 카페 준비는 스미스미의 걱정이 기우가 될 정도로 순조로웠다.

문화제 반 대표가 된 요루요루와 나나무 콤비는 깔끔하게 역할을 분담했는데, 그 균형이 아주 좋았다.

지금은 명실공히 반의 사령탑인 요루요루.

아사키가 인망과 붙임성으로 능숙하게 반 아이들의 심리를 몰아가는 것과는 대조적으로, 요루요루는 본인이 솔선해서 움직임으로써 모두를 이끌어갔다.

첫 회의 때까지 식자재와 조리도구, 비품 등 이 프로젝트에 필요할 법한 것들을 혼자서 목록을 만들더니 당일까지 해야 하는 대략적인 작업계획까지 세워 왔다.

그 업무 속도와 적확함에 모두 깜짝 놀랐다.

음식점을 할 때 모두가 귀찮아하는 요청서류 제출도 요루요루는 싫어하지 않고 빠르게 처리했다.

본인은 '걱정되니까 먼저 할 수 있는 걸 해 두지 않으면 불안한 것뿐이야'라면서 겸손해했지만, 2학년 A반의 모두가 아리사카 요루카를 믿으면 안심할 수 있다는 신뢰를 느꼈다.

그런 요루요루의 약점인 교섭이나 개인별 상세 지시를 담당하는 게 나나무다.

나나무는 쩌렁쩌렁한 목소리로 귀찮아하는 아이들까지 끌어들여 착착 움직여나갔다. 그렇게 다 함께 작업에 참여하며 반 전체의 일체감을 강화했다.

요루요루의 지시에 이해하기 어려운 부분이 있다면 모두의 마음을 대변하듯 나나무가 누구보다 먼저 질문하고 의견을 제시한다.

『아리사카가 이렇다네. 그 외에 질문 있는 사람…… 없음! 그럼 작업하자!』

그렇게 요루요루의 생각을 모두에게 꼼꼼히 공유해서, 아무도 뒤처지는 사람 없이 순조로운 진척에 공헌했다.

이 우수한 반 대표 2인조 덕분에 스미스미와 아사키는 문화제 실행위원회 일에 집중할 수 있다.

"나나무는 단체작업에 성실하게 임할 수 있구나. 좀 다시 봤어."

"미야우치. 그야 아리사카의 발목을 잡았다간 세나가 빡칠 테니까 그래."

나나무는 진지한 얼굴이었다.

"스미스미는 요루요루와 엮이면 사람이 바뀌니까."

"맡겨준 이상 이번만큼은 대충할 수 없지."

"이번에도, 잖아?"

"이런 건 나랑 안 어울려. 아, 농구하고 싶다."

내가 나나무의 얼굴을 올려다보자 나나무는 그 자리에서 슈팅 자세를 취했다.

나는 안다.

나나무는 스미스미 몫까지 열심히 농구하고 있다. 하지만 농구는 단체 스포츠다. 에이스 혼자 분투하는 것만으로는 여름의 전국대회에 진출하지 못한다.

작년과 다르게 올해의 나나무는 모두의 힘을 합치는 게 얼마나 중요한지 누구보다 잘 알고 있을 것이다.

나는 나대로 디자인 프로그램을 다룰 줄 아니까, 용기를 내서 얌차 카페의 종합 디자인을 담당하게 되었다.

당실 여자는 기본적으로 차이나드레스지만 남자는 어떤 옷을 입을지 논의한 결과 기념품도 되는 세트 티셔츠를 만들기로 했다.

"히나카, 이 티셔츠 디자인 굉장히 좋아!"

"미야우치, 이거 멋있어서 나도 마음에 들어."

요루요루와 나나무만이 아니라 반 아이들도 디자인을 칭찬해줘서 기뻤다.

"히나카의 일을 늘려서 미안해. 하지만 무척 도움이 됐어."

"피차일반이지. 요루요루도 반 대표로 열심히 노력하고 있잖아."

"응. 나나무라의 추진력은 정말로 고마워."

"적재적소구나."

"키스미나 하세쿠라는 이렇게 힘든 일을 용케 해왔구나. 새삼 감탄했어."

"하지만 요루요루가 노력하는 건 스미스미를 위해서잖아?"

"내가 실수하면 키스미는 분명 도와주려 할 테니까. 그렇지 않아도 기타 연습 때문에 고생하는데 이 이상 부담을 주고 싶지 않아."

내가 '사랑이구나' 하고 놀리자 요루요루는 '응' 하고 순순히 인정했다.

걱정하지 않아도 괜찮아.

스미스미도 요루요루가 있기 때문에 열심히 할 수 있는 거니까.

　문화제를 2주 앞두게 되면 하루하루가 미친 듯이 바쁘다.

　쉬는 시간에도 실행위원 중 누군가가 상담이나 확인을 위해 우리 교실로 찾아온다. 메인 무대 담당팀의 그룹 채팅방에선 온갖 메시지가 날아다니며, 내가 답장하지 않으면 막혀버리는 일도 있기 때문에 스마트폰 확인을 소홀히 할 수 없다.

　무대에 출연할 예정인 그룹과 공연 내용의 세부 사항을 검토하고, 그에 따른 음향이며 조명을 포함한 연출 계획을 맞춰나간다.

　"신청서에는 그럴싸한 내용이 적혀 있어도 막상 검토하면 구체적이지 않거나 의욕이 헛돌기만 할 뿐인 팀이 올해도 역시 나오는구나."

　"아무리 교풍이 자유롭다지만 명백하게 3분 만에 생각한 듯한 성의 없는 것도 있었고!"

　아사키는 조금 전 회의 때문에 기분이 아주 나빴다.

　"축제에서 눈에 띄고 싶다는 마음은 모르는 것도 아니야."

　나는 조심스러운 말로 아사키를 달랬다.

　"그렇다고 여자인 내가 있는 앞에서 잘도 그런 섹드립만 늘어놓고. 남자끼리만 모이면 늘 저런 식이야?!"

　"아무리 그래도 그 정도까지는……."

아사키가 화를 내는 것도 당연하다.

나와 아사키가 조금 전 회의한 상대는 코미디를 좋아하는 유명 그룹.

자작 콩트를 무대에서 보여준다고 신청했지만, 당일에 쓸 콩트 대본을 봤더니 그룹의 대표를 담당하는 콤비만 유독 섹드립이 많은 데다 심지어 옷을 벗어서 웃긴다는 내용이었다.

차마 들어줄 수 없는 내용인 데다 실전에선 알몸도 불사할 것 같다는 불길한 예감도 들었다.

내가 빠르게 끊으려고 했더니 아사키가 제지했다.

『키스미. 만약을 위해 끝까지 들어보자. 만약을 위해.』

『이미 최악인데.』

『코미디는 마무리가 중요하잖아.』

아사키는 웃는 가면을 쓰고 있지만 눈은 전혀 웃지 않았다.

유감스럽지만 에이세이 고등학교의 브랜드를 현저하게 훼손할 가능성이 크다고 판단.

문화제 실행위원회로서 그 콤비에게 출연 사퇴, 혹은 콩트 내용을 싹 수정해서 재심사를 받으라고 했다.

본래 문화제 실행위원회가 이렇게까지 공연 내용에 참견하는 건 드물다.

그래도 문화제에 부적절한 것은 간과할 수 없다.

학교 행사에서 학생의 재량권이 큰 건 스스로 판단하는 능력을 양성하기 위해서라는 에이세이의 교육방침 때문이다.

뭐든 다 OK라는 뜻이 아니다.

반 부스는 담임 교사가 확인하므로 극단적인 내용은 적지만, 교내 그룹에는 독자성을 너무 추구한 기획이 가끔 섞이곤 한다.

사퇴 권고를 받은 콤비는 굳이 '권력의 횡포다! 표현 검열 반대!'라고 하면서 예술가 흉내를 내며 항의했다.

그리고 아사키의 인내심이 끊어졌다.

『단순한 성희롱인 주제에 잘난 척 지껄이지 마! 그런 자기만족뿐인 자위쇼로 예술가인 척하기는 100년은 일러! 진심으로 무대에 서고 싶다면 진지하게 임해! 코미디를 얕보지 마!』

웃기지도 않는 섹드립을 질리도록 듣는 바람에 포커페이스를 유지할 수 없게 된 아사키의 일갈로 회의 종료.

"나는 코미디 프로그램 좋아하니까 꽤 기대하고 있었는데. 최악이야."

아사키는 기대가 어긋났다는 듯 한숨을 쉬었다.

회의에 입회했던 1학년 실행위원들도 조금 겁먹었다.

"저런 걸 넘어가 줬다가 막상 당일에 저지르려고 하면 우리가 무대로 뛰쳐나가 막아야만 하거든."

나는 부연설명을 하며 수습했다.

아사키도 분노를 잠시 접어두고 1학년들을 향해 몸을 돌렸다.

"조금 전 그건 당연히 아웃이지만, 저런 일도 있으니까 신청서 내용이 엉성한 그룹은 조심해야 해. 폭주할 법한 부분은 회의 단계에서 제대로 고쳐놓자. 진지하게 문화제에 임하는 다른 그룹에게도 실례니까. 심사는 엄하게, 당일은 즐겁게!"

아사키가 웃으면서 말하자 1학년들이 '알겠습니다!'라며 힘차게 대답했다.

역시 미인 선배에겐 좋은 인상을 주고 싶은 모양이다.

그 흑심을 모르는 건 아니다.

나는 노트북에 표시된 체크 리스트를 바라보며 아직 빈 칸이 많은 시간표를 확인했다.

"슬슬 모든 스케줄을 확정시키고 싶은데."

아사키도 어깨를 붙이며 함께 화면을 들여다보았다.

"시간 엄수에 철저하지 않으면 진짜로 시간표가 붕괴할 수 있으니까."

나는 작년 경험상 입에 침이 마를 정도로 그 말을 반복했다.

무대에는 마물이 숨어있다.

아무리 주도면밀하게 준비해도 실전에서는 예측하지 못한 문제가 일어난다.

우리는 프로가 아니다.

고등학생이니까 막상 무대에 서면 누구든 머리가 새하얘질 수 있다. 실수를 수습하려다가 예상했던 것보다 시간을 잡아먹기도 하고, 분위기가 너무 달아오르는 바람에 끝내야 할 시간이 머릿속에서 싹 지워지는 경우도 있다.

그런 작은 어긋남을 사전에 내다보고 여유롭게 시간표를 짜지 않으면 추돌사고처럼 이후 일정에 영향을 주게 된다.

나아가 무대의 마지막을 담당한 우리 링크스의 공연 시간에도 영향을 줄 수 있다.

기껏 찾아온 요루카의 데뷔 무대.

그걸 망가트리는 건 개인적으로도 직책적으로도 꼭 피하고 싶다.

"시간표를 관리하는 키스미가 피날레를 장식하니, 마지막은 알아서 조절해주겠지."

"무리야. 마지막엔 아사키에게 전부 맡길 거고, 최악의 경우 앙코르는 커트."

"설마. 그런 일이 일어나지 않도록 다들 내 지시를 따라줘."

아사키가 말을 걸자 역시나 1학년들이 기세 좋게 '열심히 하겠습니다!'라고 대답했다.

노골적이구나, 후배 제군들.

"실례합니다. 세나 선배, 하세쿠라 선배. 슬슬 음향기기 업자가 올 시간이니 회의실에 와 주세요."

교실 문이 열리고, 마찬가지로 메인 무대 담당인 1학년 여학생이 우리를 부르러 왔다.

우리는 짐을 정리한 뒤 복도에 나왔다. 창밖은 벌써 어둑해졌고 복도의 공기는 밖에 있는 것처럼 쌀쌀했다.

"아사키는 코미디 좋아하는구나. 처음 알았어."

"어? 말 안 했던가?"

"처음 들어."

"키스미가 모르는 건 나에게 관심이 없어서?"

"왜 그렇게 되는 건데?!"

기습처럼 의미심장한 말이 나오자 나는 당황했다.

"농담이야. 그래, 키스미와는 이런 개인적인 이야기를 거의 안 했었지."

"……게다가 그런 식으로 화내는 것도 좀 놀랐어."

아사키에겐 버럭 소리치는 인상이 없었기 때문에 새로운 일면을 본 기분이었다.

"엄마 앞에선 일상이야. 마음에 안 드는 게 있으면 서로 대놓고 말하다가 툭하면 싸우거든."

"싸, 싸울수록 사이가 좋다는 관계?"

"싸우지 않고 끝난다면 그게 제일 좋은데."

"그건 그렇지. 하지만 화낼 기운이 있다는 건 조금 안심이야."

"……나 그렇게 평소와 달라?"

아사키는 난감해하는 얼굴이 되었다.

"반년이나 파트너였으니 대충."

누구에게나 친절하고 모범생인 아사키. 평소엔 빈틈을 보이지 않는 그녀가 2학기에 들어선 뒤로는 다른 사람의 시선을 의식하지 않는 듯한 순간이 늘어났다.

"민망하네. 학교와 사생활은 깔끔하게 분리하고 싶은 타입인데."

"빈틈이 보이는 것도 그거대로 나쁜 일은 아니야."

"나는 모범생을 연기하는 게 더 편한 건지도."

아사키는 혼잣말처럼 그런 말을 했다.

"연기하다 지치면 한탄 정도는 들을게."

"지금은 그럴 시간도 없으면서."

"시간은 억지로 만드는 법이야."

나는 그렇게 허세를 부렸다.

회의실에서는 선생님도 동석한 채 업자들과 스피커 설치와 배선에 관해 대화했다.

아리아 씨가 학생회장이던 시절부터 매년 부탁하는 업자이기 때문에 어지간한 건 저쪽에서도 파악하고 있다. 올해의 변경점 등을 전달하고 순조롭게 회의를 마쳤다.

"역시 아리사카의 언니는 우수한 학생회장이었구나. 문화제 운영 매뉴얼을 제대로 작성해서 후배에게 남겨준 덕분에 엄청 도움이 돼."

아사키는 들고 있는 매뉴얼을 보며 감탄했다.

문화제 실행위원회에는 아리사카 아리아가 학생회장이었던 시대에 만든 에이세이 고등학교 문화제 운영 매뉴얼이라는 비전서가 보관되어 있다.

매년 각 부서, 각 담당에게 필요한 페이지를 복사해서 뿌리고, 그걸 기반으로 준비를 진행한다.

오늘 업자와 회의할 때도 당연히 그 비전서를 참고했다.

"하지만 아리아 씨가 졸업한 뒤로 꽤 지났으니까, 개인적으로는 슬슬 개정판이 필요해 보여. 특히 당일의 백스테이지 진행 매뉴얼을 수정하고 싶어."

"나는 문제 없다고 보는데, 마음에 걸린다면 학생회장에게 상담해봐."

여름방학 때까지 아사키는 하나비시 키요토라를 성인 하나비시로 불렀다. 하지만 그의 고백을 거절한 뒤로 학생회장으로 바꾼 모양이었다.

그건 하나비시도 마찬가지다. 지금까지는 아무렇지도 않게 이름인 아사키로 불렀는데, 하세쿠라라는 성으로 부르며 선을 긋게 되었다.

"그렇게 할게. 그럼 나는 경음악부에 갈 거니까."

"고생했어. 연습 열심히 해."

"고마워. 아사키도 고생했어."

아사키와 헤어진 나는 경음악부로 가서 링크스의 연습에 합류했다.

솔직히 우리 반의 얌차 카페는 거의 돕지 못했다. 연습 도중 요루카의 상담에 응하는 것 말고는 공헌한 게 없다.

"이쪽은 신경 쓰지 않아도 돼. 키스미의 조언만으로도 상당히 도움이 되니까."

그런 식으로 대답하는 요루카는 든든해 보였다.

다만 최근에는 이런 사무적인 대화가 많고, 연인다운 소소한 잡담이 확 줄었다.

악마 교관의 열혈 개인 지도를 받으며 하교 시간까지 정신없이 기타를 친다.

링크스 다섯 명이 모일 때는 오로지 세션.

연습이 끝나면 다섯 명이 함께 중간에 있는 편의점에서 군것질을 하며 역으로 향한다.

집이 학교 근처에 있는 나에게는 멀리 돌아가는 셈이지만, 모두와 대화할 수 있는 귀중한 시간이다.

"그럼 수고했어! 내일 또 봐!"

역에서 나만 개찰구를 통과하지 않고 네 명을 배웅했다.

아쉬워하는 요루카의 얼굴에 가슴이 조이는 걸 느끼면서도 웃으며 손을 흔들었다.

사실은 요루카와 단둘이 더 이야기하고 싶다.

요루카의 부모님은 해외에서 일하니 귀가가 늦어져도 혼내는 사람은 없다. 하지만 요루카를 붙잡아 이 이상 귀가 시간을 미루는 건 남자친구로서 걱정된다.

게다가 지금은 링크스 다섯 명이 운명공동체. 밴드의 화합을 어지럽히는 것 같아 우리끼리만 따로 행동하는 것도 왠지 모르게 껄끄러웠다.

오늘은 바람이 세게 불어서 춥고, 시간도 늦었고, 피로도 쌓였다.

나는 왔던 길을 혼자 돌아가 집으로 향했다.

늦은 저녁을 먹고 목욕한 뒤 한숨 돌린 다음에는 기타
연습.

그날 카노에게 배운 걸 떠올리면서 복습하며 아무튼 몸
에 주입한다.

학교에서는 오래 연습하지 못하는 이상 수면시간을 줄
여서라도 집에서 연습하지 않으면 실전에 맞출 수 없다.
이 시간에 가족은 자고 있지만, 시끄러우니까 앰프에 연결
하진 않았다. 그저 열심히 현을 퉁겼다.

"좋아, 잠깐 쉬자!"

집중력이 끊어지자 나는 침대에 누웠다. 장시간 같은 자
세를 취해 굳어버린 몸을 풀었다. 힘이 빠지자 이번에는
졸음이 몰려왔다.

나는 잠도 깰 겸 어떤 사람에게 전화를 걸었다.

『오, 기타리스트의 전화라니 별일이네.』

"그런 멋진 게 아니에요, 아리아 씨."

『그 실력은 무대를 보고 판단할게, 스미.』

밤 11시가 지난 시각이지만 아리사카 아리아는 밝은 목
소리로 전화를 받았다.

"너무 부담 주지 마세요."

『이번에도 제대로 땡땡이치지 않고 연습하고 있잖아? 괜
찮아.』

고등학교 수험 때 실컷 신세를 졌던 아리아 씨는 나에게

일말의 의심도 품지 않고 괜찮다며 보장해주었다.

"완벽하지 않아도 최고로 최선을 다할게요."

『그 마음가짐이야.』

예전에 아리아 씨에게 들은 말은 내 가슴에 똑똑히 새겨져 있다.

"지금 잠깐 시간 괜찮으세요? 가르쳐주셨으면 하는 게 있는데요."

『나에게? 뭔데?』

"아리아 씨가 만든 에이세이 문화제 운영 매뉴얼이요. 좀 수정하고 싶어서요."

『어? 아직 그걸 쓰고 있어? 세상에!』

아리아 씨는 진심으로 놀라워했다.

"위대한 실적은 그대로 전통이 되어버리거든요. 후배가 훌륭한 선례를 갈아엎는 건 어렵잖아요."

『그 평가는 영광이지만, 전통은 업데이트가 없으면 낡아빠진 규칙이 되어버려.』

아리아 씨는 마음대로 주물러도 된다는 태도였다.

"그럼 외람되오나 수정하도록 하겠습니다."

『오오, 시간을 초월한 나와 스미의 공동 작업이네.』

"묘한 표현 쓰지 마시고요."

『그야 초안 정도의 감각으로 만든 건데 설마 지금도 현역일 줄은 몰랐는걸.』

"그렇게 깔끔한 매뉴얼에는 그리 쉽게 손을 댈 수 없어요."

『부회장인 겐이 고지식한 녀석이라 상당히 기합을 넣어서 만들어줬거든.』

나는 눈을 동그랗게 떴다.

"아리아 씨 입에서 남자 이름이 나오다니 별일이네요."

『내 고등학생 시절이 궁금해?』

"남들만큼은요."

『겐은 머리는 꽉 막혔는데 똑똑한 데다 의욕이 아주 넘쳐흘러서, 내가 하고 싶다고 말한 걸 매번 진심으로 협력해줘서 정말 도움이 됐어.』

"상당히 뛰어난 사람이었겠네요. 아리아 씨가 회장이 된 뒤 학교 행사를 이모저모 개혁할 수 있었던 것도 이해가 가요."

아이디어 뱅크인 매력적인 리더와 유능한 실무자가 만나면 호랑이에게 날개를 달아주는 셈이다.

그런 동료를 통솔하고 있었기에 아리사카 아리아는 전설의 학생회장이었다.

혼자만의 힘으로는 전설이 될 수 없다.

『그 시절의 나는 요루와 마주 보지 않고 학생회 활동으로 도망치던 것도 있었으니까.』

아리아 씨는 어딘가 냉정한 목소리로 자학했다.

"도망이라고 해도 결과를 냈으니 잘됐잖아요."

『오늘은 친절하네.』

"늦은 시각에 전화 걸었으니까요."

『스미와 대화하는 건 즐거워.』

"아리아 씨의 심심풀이가 되었다면 다행이네요."

『요즘은 밤에 대화할 상대가 없어서 쓸쓸했거든. 요루는 매일 피곤한 건지 목욕하고 나오면 금방 자버리니까. 덕분에 혼자 먹는 술은 맛이 없더라.』

아리아 씨는 화술이 좋아서 내버려 두면 한도 없이 대화가 이어진다. 학원 수업을 마친 뒤에 아리아 씨와 시간을 잊고 대화에 빠지곤 했던 중학교 시절의 추억이 되살아났다.

"요루카는 밴드에 문화제 반 대표까지, 익숙하지 않은 일을 열심히 노력하고 있어요."

『스미야말로 밴드와 반 부스에 문화제 실행위원이잖아?』

"아리아 씨도 아시다시피 문화제 기간은 매번 정신없잖아요. 불만이 있다면 요루카와 데이트하지 못하는 것 정도예요."

『………….』

전화 너머에서 침묵이 흘렀다.

"저기, 아리아 씨? 여보세요?"

『뭔가 전화로 염장질을 들으니까 좀 열 받네.』

"아니, 요루카에게도 제 이야기 실컷 들으셨을 텐데."

『동생의 남자친구 입에서 직접 듣는 거랑은 별개!』

어째서인지 갑자기 저기압이 되었네.

"아리아 씨?"

『매뉴얼은 마음대로 해! 아무쪼록 건강 해치지 않도록

조심하고! 잘 자!』

아리아 씨는 일방적으로 전화를 끊어버렸다.

내가 실언을 한 건지, 아리아 씨가 취하기라도 한 건지.

화를 내는 것 치곤 나를 걱정해주는 점이 참 아리아 씨답다.

"그럼 좀 더 연습하도록 할까."

대화한 덕분에 졸음도 깼다.

나는 다시 기타를 잡고 피크를 들었다.

"키스미, 일어나!"

그렇게 오늘도 동생 에이가 내 배 위로 다이빙했다.

힘차게 침대로 뛰어드는 충격에 나의 의식이 강제로 눈을 떴다.

무거운 눈꺼풀은 거의 열리지 않았지만 그래도 머리맡의 스마트폰으로 어떻게든 시각을 확인했다.

내 옆에는 기타가 싸늘하게 누워있다. 손에 들려 있던 피크는 또다시 행방불명.

시간이 날아간 것처럼 어느새 아침이었다.

"키, 스, 미. 아침이야. 에이는 시키는 대로 제대로 깨웠어."

"…………."

자력으로 일어나는 게 어렵다는 걸 깨달은 나는 에이에게

기상 담당을 맡겼다.

에이의 방약무인한 일 처리에 인사도 불평도 할 마음이 들지 않아, 나는 아무 말 없이 한창 성장기인 동생을 대충 치웠다.

최근 반년 사이에 또 키가 자라서 한층 초등학생 같지 않은 발육 상태를 자랑하고 있다.

모르는 사람이라면 굉장한 동안의 대학생 정도로 착각할지도.

아니, 정말로. 여자로서 남들만큼의 경계심이라거나 뭐 그런 자각을 가져주렴.

친오빠라고 해도 경솔하게 남자의 몸 위에 올라타는 건 진짜 자중하자.

"키스미가 얌전하니까 재미없어."

"과격한 방법으로 내 상태를 체크하지 마. 그리고 오빠라고 불러."

기상 직후의 나른함을 털어내기 위해 무거운 상반신을 일으켰다.

"키스미, 되게 졸려 보여."

"실제로도 잠을 덜 잤거든."

크게 하품을 해도 머릿속의 졸음은 전혀 날아가지 않는다.

"요루카랑 같이 라이브하는 거지?"

"그래. 나 말고는 다들 잘하니까 따라잡기 위해 노력하는 거야."

"에이도 라이브 보고 싶어!"

"와도 되지만 보호자가 필요해."

"집이랑 가까우니까 혼자서도 괜찮아."

"여름 축제 때 미아가 된 사람이 어디의 누구더라?"

나는 입만 산 여동생을 미심쩍은 눈으로 쳐다봤다.

"괜찮아. 에이는 성장했으니까!"

"못 믿겠어."

나는 단호하게 기각했다.

"그럼 히나카랑 볼래!"

"미야치도 무대에서 노래하니까 그건 무리야."

"어? 히나카도 나와?"

"뭐야, 몰랐어?"

"응."

에이는 조금 충격을 받았다.

"미야치도 보컬 하는 거 망설였으니까, 분명 비밀로 한 거겠지."

"그럼 누구랑 같이 보러 가야 해? 요루카의 언니? 시즈루 선생님?"

"동생아, 왜 거기서 주저 없이 거물 미녀 2인조가 나오는 거냐."

에이가 거물인 건지, 어려서 무서운 걸 모르는 건지.

양대 거두에게 라이브 동반을 부탁하려고 하다니 배짱이 대단하다.

"그 두 사람이랑 가면 좋은 자리에서 볼 수 있을 것 같아."

비교적 속물적인 이유였다.

뭐, 아리아 씨라면 의외로 선뜻 받아들일 것 같지만 너무 어리광을 부리는 것도 면목이 없다.

"하지만 엄마랑 아빠는 그날 일해."

아빠는 출장으로 일찍 출발하고, 잡지 편집자인 엄마는 촬영 입회가 있어 부모님은 바쁘다.

"사유는?"

"……사유는 뭔가 어른이 되어서 긴장돼."

에이가 알 수 없는 이유로 사양했다.

"잘 모르겠지만, 에이에게도 그런 상식이 있구나. 부디 나에게도 발휘해주지 않겠니?"

"키스미는 키스미니까."

대체 어떻게 해야 오빠의 위엄을 획득할 수 있는 걸까. 고민이다.

"사유도 다도부 부스가 있을 테지만, 라이브까지는 끝날 거야. 내가 사유에게 물어볼게."

"괜찮아? 잊지 마!"

신신당부한 에이가 방에서 나갔다.

나도 몸단장을 마치고 1층으로 내려갔다.

거실에선 에이가 수조의 금붕어에게 먹이를 주고 있었다.

에이는 여름 축제 때 건진 금붕어를 본인이 선언한 대로 잘 돌보고 있다.

눈을 뜬 직후라 식욕이 없었기 때문에 커피와 쿠키로 아침식사를 마쳤다.

뉴스의 일기예보를 멍하니 바라보자 오늘부터 기온이 낮아진다고 한다.

기상 캐스터가 컨디션 관리를 조심하라고 안내했다.

"키스미, 슬슬 나가지 않으면 지각이야."

에이의 목소리에 정신을 차렸다.

나는 교복 재킷을 걸치며 집에서 나왔다.


"세나 학생. 조금 더 힘을 주세요. 목소리에 패기가 없습니다."

아침 홈룸에서 칸자키 선생님에게 바로 주의를 들었다.

"선생님, 그럼 보건실에서 잠깐 자고 와도 될까요."

"당당히 농땡이를 피우려 하지 마세요. 입을 놀릴 여유가 있는 동안에는 허락할 수 없습니다."

"그걸 어떻게 좀."

"안 됩니다."

"보건실이 안 된다면 다도부는요? 저 타타미 좋아하니까 조용히 있을게요."

"세나 학생."

"네."

"두 번 말하지 않겠습니다."

"실례했습니다."

교단 위에서 날아오는 찌를 듯한 시선에 내 졸음도 간신히 깼다.

잠에서 깰 때 칸자키 선생님의 차가운 눈빛이 효과가 좋다.

홈룸이 끝나자 요루카 주변에 인파가 만들어졌다.

미야치와 나나무라도 있으니 얌차 카페 이야기인 모양이다. 문화제를 계기로 요루카는 같은 반 학생들과 교류가 확 늘었다. 그건 무척 좋은 징조다.

내 시선을 알아차린 건지 요루카가 이쪽을 보았다.

요루카는 순간 면목이 없다는 표정을 지었다가, 곧바로 대화로 돌아갔다.

요루카와 대화하고 싶었지만 방해하는 것도 미안하니 지금은 참자.

"칸자키 선생님에게 그렇게까지 농담을 던질 수 있다니, 키스미는 거물이구나."

아사키가 내 앞자리에 앉았다.

"그래? 그러려는 건 아니었는데."

"자신의 장점일수록 본인은 자각이 없거든."

"예를 들어?"

"경음악부의 카리스마, 카노 미메이의 새 밴드 링크스. 카노가 베이스, 보컬이 미야우치, 키보드에 아리사카, 키스미가 기타, 학생회장이 드럼. 뭐가 어떻게 되어야 이런 신기한 멤버가 모이는 거야?"

"음, 내 인덕인가."

"그건 아는구나."

나는 농담으로 적당히 대답한 거였는데, 의외로 아사키는 선뜻 긍정했다.

"그런 인간적인 매력이 있다면 더 편하게 살았을걸."

나는 흐물흐물 책상에 엎드리려고 했다.

"지금 자도 금방 1교시 시작해."

아사키는 손을 뻗어 내 어깨를 주무르기 시작했다.

"아, 거기. 거기야. 좋다."

"굉장히 굳었네. 키스미. 특히 왼쪽 어깨가 뻣뻣해. 기타 어깨끈 때문인가?"

"아사키는 마사지 잘하는구나."

"……엄마의 어깨를 자주 주무르거든."

"아사키, 뭐 고민 있어?"

나는 그녀가 상담하고 싶어 한다고 느꼈다.

"지금 가족 내에 큰 변화가 일어나는 중이거든."

"구체적으로는?"

"엄마가 재혼해."

아사키는 작은 목소리로 중얼거렸다.

"순순히 축하한다는 느낌은 아니네."

"사실 상당히 당황스러워."

"그야 생판 타인이 난데없이 가족이 되는 거니까 당연히 당황하지."

"어린애의 심술일지도 모르지만, 우리 집은 계속 엄마와 나 둘이 서로를 의지하며 살아왔어. 그래서 갑자기 가족이 늘어난다니 상상이 잘 안 가. 여러모로 무서운 거겠지."

"상대방과는 이미 만났어?"

"소개받았어. 아주 좋은 사람 같더라. 엄마를 소중히 여기는 게 잘 보였어."

아사키의 대답이 영 떨떠름하다.

"그 외에 뭐 문제라도?"

"그러니까, 내가 아직 어른이 되지 못한 것뿐이야."

나는 목을 돌려 여전히 내 어깨에 손을 올린 아사키의 눈을 보았다.

"그런 아사키의 불안을 어머니에게 제대로 말씀드렸어?"

"아직."

"재혼 반대야?"

"그런 건 아니야, 하지만──."

아사키는 말을 찾듯이 입술을 떨었다.

하지만 아무리 기다려도 다음 말은 나오지 않았다.

그러는 사이에 수업 종이 울리는 바람에 이 이야기는 어중간한 상태에서 끝나고 말았다.

"키이 선배, 잠깐 괜찮아요?"

점심시간에 2학년 A반 교실을 찾아온 사람은 중학교 때부터의 후배인 유키나미 사유였다.

밀크티색으로 염색한 밝은 머리카락은 어깨 부근까지 내려가는 미디엄 보브컷으로, 옆으로 흘린 앞머리를 핀으로 고정했다. 교복 셔츠의 첫 번째 단추를 풀었고 치마 길이는 짧게. 꽃 같은 여고생 라이프를 만끽 중이라는 듯 인싸 아우라가 넘쳐나는 1학년의 등장에 교실이 확 술렁거렸다.

"무슨 일이야? 사유."

"연락도 없이 죄송해요. 잠깐 제 친구가 무대 건으로 상담하고 싶은 게 있대서 데려왔거든요. 지금 시간 괜찮으세요?"

"좋아, 들을게."

나는 기타를 옆에 내려놨다.

"역시 키이 선배! 바쁘면 아사 선배에게 부탁할까 했는데, 역시 오래 알고 지낸 키이 선배가 더 부탁하기 쉬워서요."

그 말대로 사유는 옛날과 다름없이 털털한 태도다.

그녀가 복도 쪽으로 손짓하자 사유의 친구라는 여자아이들이 우르르 교실에 들어왔다.

놀랍게도 7명이나 있었다.

"괜찮아. 키이 선배는 친절하니까 사양하지 말고 질문해!"

낯선 후배 여학생들이 책상 주변을 빙 둘러싼다. 왠지 전방위로 체크당하는 느낌이라 내가 더 긴장했다.

듣자 하니 이 아이들은 아이돌 동호회라고 한다.

댄스부와는 별개로, 여성 아이돌의 열성팬이 모인 그룹.

그녀들은 이번 문화제 메인 무대에서 아이돌 의상을 입고 곡에 맞춰 춤을 추고 싶다고 했다. 게다가 그 아이돌의 라이브 연출도 최대한 재현하고 싶다는 모양이다.

질문이란, 당일 등장에 대해서다. 보통은 사이드에서 입장하는데, 그녀들은 체육관 뒤쪽이나 무대 앞 등 여러 장소에서 동시에 나타나 무대 위에 집결하고 싶다고 했다.

실현하기 위해서는 우선 인원 문제가 있다. 그녀들이 나타날 장소에 인원을 배치하고 긴밀하게 연락하며 7명의 등장 타이밍을 딱 맞춰야 한다.

객석 사이를 달리는 아이도 있으니 안전 측면으로도 걱정된다.

넓은 체육관에는 파이프 의자가 빼곡하게 들어간다.

객석은 어두운 데다, 커버를 씌우긴 해도 바닥 여기저기에 배선이 지나간다. 손님의 짐이 장애물이 될 수도 있다. 만에 하나 발이 걸리면 퍼포먼스에 실패하는 것만이 아니라 다칠지도 모른다.

"참고로 퍼포먼스를 하는 너희 말고 도와주는 사람은 얼마나 있어?"

나는 전제를 확인했다.

"없어요. 저희 7명뿐이거든요. 그래서 문화제 실행위원회 분들에게 도움을 요청하려고……."

"1년에 한 번뿐인 문화제에서 타협하고 싶지 않다는 마음은 이해해."

나는 먼저 이해를 표한 뒤 그녀들에게 내 견해를 전달했다.

우선 안전 문제가 있으며, 대응책을 전부 이쪽에 넘기는 시점에서 실현이 어렵다.

메인 무대 담당도 한정된 인원으로 교대하면서 무대를 돌기 때문에 남는 인원이 없다. 나나 아사키가 얌차 카페를 돕기 위해 빠져나가듯, 다들 각자 반 부스에도 참가한다. 무엇보다 공평성이라는 관점에서 특정 그룹을 위해 일시적으로 증원하는 예외는 인정할 수 없다.

이상을 정중하게 설명한 뒤 지금 계획으로는 실현할 수 없다고 밝혔다.

"하나라도 예외를 인정하면 다른 그룹의 요청도 전부 받아들여야만 하거든. 그랬다간 계속 조절에 쫓겨서 당일에 맞추지 못할 거야."

세상에는 기한과 제한이 있으니 완성되는 일도 있다.

이상을 크게 갖는 건 좋은 일이다.

하지만 실현시키지 못한다면 그건 그냥 그림의 떡이다.

현실에선 성공시키기 위해 버려야 할 것을 아는 것도 중요하다.

정말로 소중한 것을 지키기 위해 일부러 버린다.

내가 입장상 그녀들에게 요구하는 건 그런 부분이다.

"너희에게 가장 중요한 건 라이브 연출이야? 아니면 봐주는 사람을 즐겁게 해주는 거야? 어느 쪽을 우선해야 더 만족할 수 있을 것 같아?"

그녀들의 대답은 후자였다.

"응, 그만큼 퍼포먼스 연습에 전념할 수 있다고 긍정적으로 받아들여 주면 좋겠어. 일부러 찾아와줘서 고마워."

내 말을 진지하게 들어준 그녀들이 먼저 돌아간 뒤, 사유가 감탄한 얼굴로 나를 쳐다봤다.

"뭔가 키이 선배, 좀 어른 같은 설득이었네요."

"일단 그 애들을 부탁할게."

"라저! 그럼 이건 상담해준 보답이에요."

사유는 귀엽게 경례하더니 주머니에서 은색 팩에 든 젤리 음료를 꺼냈다.

"키이 선배, 옛날부터 이거 좋아하잖아요."

"신경 쓸 것 없는데."

"귀여운 후배가 주는 선물은 순순히 받아주세요. 그나저나 키이 선배, 좀 야위지 않았어요? 옛날부터 한번 정하면 철저하게 집중해서 다른 걸 소홀히 미뤄버리곤 하잖아요."

"그랬나?"

"그랬어요. 예를 들어 저에게 뭐 부탁할 거 없어요?"

"부탁?"

글쎄. 무슨 소리지.

사유는 내 눈을 빤히 쳐다보며 대답을 기다렸으나, 아무리 생각해도 짐작 가는 게 없었다.

"어휴! 에이를 키이 선배의 라이브에 데려가는 거 말이에요!"

완전히 잊고 있었다. 이런, 자다 깨서 오간 대화라 머리에서 빠져버렸던 모양이다.

"왜 사유가 아는 거야?"

"오늘 아침에 에이가 부탁해서 바로 OK했거든요. 나참, 소중한 동생의 부탁을 잊어버리다니. 에이도 피곤해하는 키이 선배를 배려해서 자기가 직접 연락하다니 어른이 되었네요."

사유는 손수 젤리 음료의 뚜껑을 열고 나에게 건넸다. 지금 여기서 먹으라는 모양이다.

"그럼 고맙게 받을게."

쭉쭉 비워서 에너지 보급 완료. 최대한 안 남도록 힘껏 빠는 게 습관이다. 팩이 찌글찌글해졌다.

"사유, 다도부 쪽은 어때?"

여름방학의 세나회 여행 중, 사유는 고문인 칸자키 선생님에게 직접 권유를 받아 2학기부터 다도부에 소속하게 되었다.

"다도부는 얌전한 애들이 많아서, 저처럼 자발적으로 움직이는 타입은 귀하답니다."

"다행이네. 그걸 들으니까 안심이 돼."

"네. 아사 선배와 칸자키 선생님도 잘 대해 주세요. 아, 문화제엔 저도 차를 끓이니까 괜찮다면 요루 선배와 같이 놀러 와 주세요."

"그래. 찾아갈게."

"약속이에요!"

사유는 웃으며 당부한 뒤 자신의 교실로 돌아갔다.

◇ ◇ ◇

방과 후. 문화제 실행위원회의 정기회의가 끝나자 하나 비시가 곧장 나에게 다가왔다.

이 뒤엔 링크스의 합동 연습이니 같이 가려는 모양이다.

"그럼 나는 다도부에 들러야 하니까 먼저 갈게. 학생회장도 수고했어."

아사키는 재빨리 그 자리를 이탈했다.

"……. 세나, 연습하기 전에 둘이서 숨 좀 돌렸다가 갈래?"

"그렇지 않아도 회의가 늦게 끝났는데 악마 교관의 불벼락이 떨어질 거야."

각 파트 별로 순조로운 곳도 있고 막힌 곳도 있지만 다들 막바지 단계에 들어갔다. 드디어 문화제가 가까워졌다는 느낌이다.

"완전히 순종적인 제자가 되었구나. 세나는 참 성실해."

"요루카 앞에서 못난 연주를 할 순 없으니까."

"마음은 이해하지만 회의 중에 상당히 졸려 보이던데."

"──. 그래, 잠시 쉬어서 집중력을 회복시킬까."

"그럼 옥상에 가자."

중간에 있는 자동판매기에서 따뜻한 음료를 산 우리는 옥상으로 나왔다.

무거운 문을 열자 서늘한 공기가 쏟아져 단숨에 의식이 맑아졌다.

이 정도로 기온이 내려가면 오직 시간 때우기를 위해 바람이 쌩쌩 부는 옥상에 올라오는 사람도 없다.

그래도 문화제를 대비해 연습하는 그룹은 여럿 있었다.

나와 하나비시는 그런 학생들 옆을 지나쳐 적당한 곳을 찾았다.

여자들만 모여있는 장소에선 한창 춤 연습이 이뤄지고 있었다.

그녀들이 추는 곡은 비욘드 디 아이돌의 히트곡 '일곱 빛깔 클라이맥스'다. 통칭 비요아이라고 불리는 이 그룹은 작년도 홍백가합전에 출장하기도 한, 지금 한창 뜨고 있는 아이돌이다.

포터블 스피커에서 흐르는 음악이 끝났을 때, 옆을 지나가는 하나비시에게 '학생회장이다'라면서 흥분한 목소리로 말을 걸었다.

인기남 하나비시가 손을 흔들어 대답하자 그녀들은 한

층 더 높은 소리를 지르며 좋아했다.

역시 학교의 아이돌, 여학생들의 지지가 굉장하다.

"아, 세나 선배. 낮에는 감사했습니다!"

나에게도 말을 거는 바람에 당황했다.

잘 보니 점심시간에 사유가 데려온 아이돌 동호회 멤버들이었다.

"열심히 연습하고 있구나."

"네. 다 함께 이야기해보고, 춤을 칼군무라고 할 수준까지 끌어올리자는 결론을 내렸어요! 그렇게 하는 게 보는 사람들도 놀랄 테니까요."

"응. 나도 그렇게 생각해. 응원할게."

우리는 그녀들의 춤을 곁눈질하면서 비어 있는 벤치에 앉았다.

"그 아이들과 아는 사이야?"

"오늘 점심시간에 무대 연출 관련으로 상담받았어."

"세나, 제대로 쉬고 있어?"

"최근엔 요루카와 데이트는커녕 일상 대화조차 줄어드는 바람에 힘들어. 밤에는 요루카도 일찍 곯아떨어지니까 전화나 메시지로 깨우는 것도 미안하니 자중하고 있고."

"굉장하네. 세나에게 아리사카의 존재는 힐링이구나."

"하지만 요즘 연락이 너무 없지 않냐고 슬슬 화낼지도 몰라."

"아리사카도 세나가 참는 걸 알고 있을 거야."

낮게 뜬 오후의 저녁놀이 눈부시다.

산 직후엔 뜨거웠던 캔커피가 딱 마시기 좋게 식었다.

"여자애들이 춤추는 건 귀엽구나."

"비요아이의 고난도 춤을 추고 있다는 것만으로도 굉장하지."

문외한의 눈으로 봐도 어려운 안무를 그녀들은 훌륭하게 소화하고 있었다.

"세나는 비요아이에서 누가 최애야? 나는 타테이시 란인데."

"아사키 같은 단발이 취향인 거냐. 나는 작년에 탈퇴해 버리긴 했지만 에마 쿠라우."

"너야말로 아리사카처럼 장발 미인이 취향이란 거잖아. 하지만 세나가 아이돌을 좋아했던가? 좀 의외인데."

"작년에 같은 반이었던 녀석이 비요아이 팬이거든. 자주 이야기를 꺼내곤 했어. 동생도 팬이라 음악방송에 나오면 흉내 내서 춤추곤 해."

"그 장래 유망한 동생 말이구나. 그 아이는 틀림없는 미인으로 자랄 거야."

"글쎄다. 아직도 어린애 같아서 손이 많이 가는데."

"그건 세나가 동생을 너무 귀여워하기 때문이잖아. 여름 축제 때 태도를 보면 얼마나 오빠를 따르는지 다 보이더라."

"축제 때 미아가 된 에이를 찾아줘서 천만다행이었어. 정말 고맙다, 하나비시."

"아니야. 미소녀의 기사가 되다니 남자의 훈장이지."

하나비시는 이런 닭살 돋는 말을 천연덕스럽게 뱉는 데 다 어울리기까지 한다는 게 대단하다.

"하나비시가 인기 많은 이유를 알겠어."

"나는 언제나 진실한 사랑을 찾아다닐 뿐이야."

"빨리 찾으면 좋겠네."

"간편하게 운명의 사랑이나 붉은 실이 마련되어 있다면 좋겠지만, 현실에선 말이 안 되니까."

"괜찮겠어? 그런 게 있다면 너는 다른 사람에게 눈을 돌릴 수 없게 되잖아?"

하나비시는 정곡을 찔린 건지 저녁놀이 눈부시다는 듯 눈을 가늘게 좁혔다.

"세나, 왜 우리 학교는 옥상에 올라올 수 있다고 봐?"

"어? 그냥 개방해놔서 그런 거 아니야?"

"원래는 출입 금지였어. 그런데 어느 학생회장이 공약을 걸어 옥상을 개방했지."

"어느 학생회장이라니, 설마……."

내 뇌리에 그 사람의 얼굴이 떠올랐다.

하나비시는 정답이라는 양 웃었다.

"그래, 세나의 연인의 언니. 아리사카 아리아 씨."

"그 사람은 남긴 공적이 너무 많아!"

문화제 대규모화도 그렇고, 이 에이세이 고등학교에는 아리사카 아리아의 족적이 넘쳐난다.

"놀랍게도 청춘 하면 옥상이라는 가벼운 동기로 실현시켰다고 해. 실제로 그해 문화제엔 옥상에서 공개 고백 이벤트를 개최해서 대호평이었다더라. 다들 이벤트라는 구실이나 분위기의 힘을 빌리거나 운으로 자신의 연애를 성취시키고 싶은 거지."

아아, 그 광경이 눈에 선하다.

"잘 아네. 역시 학생회장, 과거 역사를 제대로 아는구나."

"아니, 내 형이 당시 학생회에 있었거든. 에이세이 첫 1학년 학생회장에게 신나게 휘둘렸다고 들었지."

"저런. 형님 굉장히 고생하셨겠다."

멋대로 친근감이 솟았다.

"하나비시의 형은 어떤 사람이야?"

"형인 하나비시 겐신은 우리 병원의 후계자야. 의사가 된다는 의무를 짊어진 과묵한 무사 같은 사람이지. 나와는 다르게 성실함을 그림으로 그려놓은 듯 융통성이라고는 하나도 없는 성격이기도 해. 옛날부터 우수한 엘리트 가도를 묵묵히 나아가는 타입."

상당히 겸손하게 발언하고 있지만, 동생인 하나비시 키요토라도 전교 3위라는 수재다.

그런 녀석이 이렇게까지 무조건으로 존경하는 걸 보면 형은 상당히 우수한 사람인 거겠지.

"……그 형, 혹시 겐이라고 불리거나 하지 않았어?"

내가 적극적으로 물어보자 하나비시는 고개를 끄덕였다.

"겐이 하나비시의 형이었냐!"

아리아 씨, 악마잖아. 학생회 선거에서 굴복시킨 상대를, 그것도 상급생을 부회장으로 삼다니 좀처럼 불가능한 일이다. 어떻게 보면 몹시 아리아 씨다운 에피소드다.

"어? 형을 알아?"

"최근에 아리아 씨 본인에게 그 이름을 들었어. 그나저나 네 형은 용케 부회장직을 받아들였네. 그 자유분방한 아리아 씨의 파트너라니 상상해볼 필요도 없이 힘들었을 텐데."

"끈질긴 권유를 받아서 마지못해 받아들였다는 느낌이었어. 처음에는 불평하던 형도 어느새 연하 학생회장의 매력에 당한 모양이야. 마지막엔 고백까지 했다던데."

"뭐? 진짜? 역시 교사 뒤의 벚나무 아래에서 고백?"

"……, 맞아."

"결과는 어땠어?"

무지막지 궁금하다. 하나비시의 형이라면 틀림없이 잘생겼을 것이다.

학생회에서 함께 활동했다면 로맨스가 싹터도 이상하지 않다.

여름방학 전, 칸자키 선생님의 집에서 돌아오는 길에 아리아 씨와 카페에서 아침을 먹었을 때는 연인을 사귄 적이 없었다는 듯한 말투였지만 사실은 숨겼던 건지도.

아, 요루카에겐 칸자키 선생님과의 에피소드를 남자친

구라고 사기 쳐서 설명했었던가.

"적극적이네. 세나. 무척 즐거워 보이는 얼굴이야."

"그야 아리아 씨를 놀려먹을 수 있으니까."

"역시 자매에다 면식이 있으면 만날 기회도 있는 건가?"

"사실 아리아 씨를 더 먼저 알았어. 내가 중학교 때 다녔던 입시학원에서 아리아 씨가 강사 아르바이트를 했거든."

"⋯⋯⋯⋯세나는 사실 여자복이 좋구나."

하나비시는 드물게도 진심으로 놀란 얼굴이었다.

"우연이야. 애초에 네가 훨씬 더 인기 많잖아."

"나는 얼굴로 뽑혔을 뿐이야. 주변에 자랑할 수 있는 액세서리 같은 거지."

"그렇게까지 자학할 필요도 없잖아."

"여자에게도 엄연히 성욕이 있는걸. 남자와 마찬가지로 질리면 다른 사람에게 넘어가지."

"너무 적나라해서 혹독하구나."

하나비시에게서 현실을 지적받자 나는 머리를 부여잡고 싶어졌다.

요루카도 말은 하지 않지만, 여러모로 쌓아두고 있을까.

"특별한 사람과 만나서 진심으로 서로를 좋아하는 세나가 훨씬 대단해."

하나비시는 정말로 부러운 듯했다.

"너에게는 아사키가 특별한 사람이었어?"

하나비시가 나를 옥상으로 데려온 건 사실 아사키 이야

기를 하고 싶었기 때문이겠지.

"모르겠어. 적어도 나에게 하세쿠라 아사키는 다른 사람과는 달랐어. 결국 내 일방적인 착각이었지만."

"하나비시는 너무 많이 해봐서 연애에 꿈이 없어진 것뿐이야."

"그런 걸까?"

"사랑의 시작 같은 건 처음엔 일방적인 착각이잖아. 그렇게 바보처럼 푹 빠져버리는 게 특별한 사람이라는 증거 아니야? 사귈 수 있냐 아니냐는 또 별개의 문제지."

"……세나. 아리사카와 연인이 되어서 다행이네."

"그래. 요루카가 있으니까 나는 열심히 할 수 있어."

자신의 중심에 확고한 것이 있기만 해도 사람은 생각지도 못한 힘을 발휘한다.

"그런 점이 멋있어."

남자를 상대로도 진지하게 칭찬하는 통에 나는 쑥스러워져서 화제를 돌리려고 했다.

"아무튼, 형의 고백이 어떻게 되었는지 가르쳐줘."

"당시 동생과의 문제로 고민하느라 지금은 연애할 여유는 없다고 거절했다나 봐. 아주 칼같이 단호하게 끊어버린 것 같던데. 그전에도 그 후에도 그렇게 정신적으로 무너진 형은 처음 봤어. 의학부에 합격한 뒤라서 천만다행이었지."

"아리아 씨가 연인이 되고 싶은 상대는 대체 어떤 사람일까."

내 가벼운 중얼거림에 하나비시는 정색하며 대답했다.

"어떤 미남미녀라고 해도 진짜 좋아하는 사람과 맺어진다고 보장할 수 없는 게 연애의 재미야."

하나비시는 그제야 커피캔을 따더니 '하하, 완전히 미지근해졌네'라며 얼굴을 찌푸렸다.

"슬슬 갈까. 추워졌어."

너무 오래 기다리게 하면 악마 교관이 무서우니까.

나도 남은 커피를 단숨에 비웠다. 캔 음료는 뚜껑을 따면 바로 식어버린다. 막 샀을 때의 열은 이미 사라진 뒤였다.

"다만 형이 실연한 덕분에 좋은 일도 있었어."

"뭔데?"

"형이 스트레스 해소로 드럼 세트를 샀거든. 덕분에 내가 이렇게 드럼을 칠 수 있게 되었지. 이런 식으로 너희와 밴드를 만들게 될 줄은 몰랐지만."

"세상은 어디서 어떻게 이어질지 알 수 없는 법이구나."

나는 절절히 중얼거렸다.

"……세나. 언젠가 이 실연의 아픔도 사라지고 그저 추억이 될까?"

"모르지. 우리는 아직 한창 청춘이잖아."

"세나의 사랑은 청춘의 추억으로 끝나지──."

말하던 도중, 하나비시가 입을 다물었다.

"뭔데. 거기선 그냥 응원하라고."

"전에 고민하던 여자아이에게 고백하라고 등을 떠민 적

이 있어. 나 나름대로 승산이 있다고 생각하고 응원한 거였지. 하지만 결과는 잘 안 된 모양이거든. 나는 무척 무책임한 짓을 해버린 게 아닌가 솔직히 후회해."

"——하나비시는 사실 연애만이 아니라 근본적으로 굉장히 수동적이구나."

축복받은 외모를 지닌 하나비시는 인기가 많기 때문에 정신적인 가벼움을 무기로 삼으면서도 금방금방 휩쓸리는 걸 내심 신경 쓰고 있는 모양이었다.

"나는 눈치가 빠른 편이고, 주변에서 내게 원하는 모습에 부응하는 것 자체는 즐거워. 특히 연애는 알기 쉽거든."

하나비시처럼 수많은 여자에게 대놓고 좋아한다는 신호가 쏟아지는 인생은 그야 퍽 즐거울 것이다.

"다만 내가 능동적으로 움직이면 실패가 많아. 하세쿠라에게 고백했을 때도 그랬고."

"응원은 무책임하지만 무의미하진 않아. 나는 그렇게 생각하니까 네 응원을 받고 싶어."

그 자리뿐인 성원부터, 상대방의 활동을 따라가며 서포트하는 것까지. 응원이라고 해도 종류가 많다.

"응원이란, 아무도 미래를 알 수 없지만 열심히 해서 결과를 내라는 거잖아. 그 응원으로 상대방이 행동한다면 의미는 있어. 물론 무거운 짐처럼 느껴져서 답답할 때도 있지만. 그래도 역시 응원을 듣는 쪽은 기쁜 법이야."

혼자 악전고투하고 있을 때 별것 없는 한마디에 용기를

받기도 한다.

"게다가 너 아까 네 입으로 그랬잖아? '실연한 덕분에 좋은 일도 있었다'고. 그 애한테도 분명 좋은 일이 있었을 거야."

"＿＿＿＿＿."

하나비시는 낮의 기척이 사라져가는 하늘을 올려다보았다.

"그러니까 하나비시. 사양하지 말고 내 등도 떠밀어줘!"

나는 하나비시를 향해 등을 돌렸다.

"세나는 죽을 때까지 아리사카와 행복해라."

하나비시는 기도하는 듯한 목소리로 내 등을 살며시 눌렀다.


연습실에 도착하자 아니나 다를까 카노는 몹시 언짢은 상태였다.

"거기 남자 둘, 늦었잖아. 특히 세나키스! 가장 연습이 필요한 인간이 지각하면 어떡해!"

여성진 세 사람은 이미 모여 있었다.

요루카도 오늘은 반 부스 작업을 적당히 끊고 온 모양이었다.

"미안해! 잠깐 남자끼리 비밀 이야기를 했어."

나는 당당하게 대답했다.

왠지 그런 기분이었다.

내 떳떳한 대답에 하나비시도 '여자에겐 들려줄 수 없는 아슬아슬한 이야기였지'라고 말을 맞췄다.

"~~정말이지! 아무튼 당장 준비해!"

시간 낭비라는 양 카노는 깊게 추궁하지 않았다.

내가 기타를 준비하고 있자 요루카가 '하나비시와 무슨 이야기를 했어?'라며 다가왔다.

"가르쳐줄까?"

"어? 그래도 돼?"

말로 대답하는 대신 나는 요루카를 껴안았다.

갑작스러운 행동에 요루카는 어떻게 반응해야 할지 알 수 없어 내 품 안에서 굳어버렸다.

둘만 있을 때라면 모를까 남들 앞에서 당당하게 껴안는 건 거의 없는 일이다.

그러거나 말거나, 애정표현이라는 듯 전신으로 꼭 밀착했다.

당연히 다른 세 사람이 쳐다봤지만 나는 끌어안은 팔을 놓지 않았다.

"키키키, 키스미?"

"요루카, 좋아해."

귓가에서 속삭였다.

"왜 그래?"

"지금 공연히 그런 기분이야. 좋아하는 사람과 사귄다는 게 얼마나 감사한 일인지 재확인하고 싶어서."

신기하다.

요루카의 체온을 느끼는 것만으로도 몸도 마음도 스르륵 편해진다.

"걱정하지 않아도 나도 좋아해."

"하지만 최근에는 별로 대화하지 못했잖아?"

"그건, 그래도 어쩔 수 없는 일이니까……."

"그러니까 억지로라도 붙어 있어야지. 서로 고갈되기 전에 정신 에너지를 보충하는 거야."

요루카도 몸에서 힘을 빼고 내 등에 팔을 감았다.

"세나, 대놓고 과시하네."

"스미스미 멋있어."

"세나키스, 연습 중에는 자중해!"

"조금만 더! 안 그러면 이 자리에서 키스할 거야!"

"키스미, 아무리 그래도 친구 앞에서 키스는!"

"어라? 요루카. 나와 한 첫키스는 분명 시부야──."

끝까지 말하기 전에 요루카가 '그건 목걸이를 받은 게 기뻐서 엉겁결에 그만!'이라고 소리치며 두 손으로 내 입을 틀어막았다.

그날 나는 처음으로 실수 없이 세 곡을 모두 완주할 수 있었다.

토요일은 아침부터 가을다운 쾌청한 날씨였다.

우리 링크스의 멤버는 일박이일 합숙을 위해 아침 9시에 카노의 자택에서 가장 가까운 역에 모였다.

사복 차림은 각자의 개성이 드러나서 재미있다.

사실 다섯 명 모두가 사복 취향이 제각각이었다.

나는 아웃도어풍의 아우터와 속에는 긴소매 티셔츠, 청바지. 스니커는 평소 신던 하얀색 에어 포스 1이라는 캐주얼한 복장. 등에 멘 배낭에는 하룻밤 치 갈아입을 옷 등을 담았고, 손에는 기타 케이스를 들었다.

요루카는 여느 때처럼 곱게 자란 티가 묻어나는 고상한 코디네이트. 고급스러워 보이는 얇은 스웨터에 롱스커트, 검은 스타킹에 쇼트 부츠라는 가을 느낌의 조합이다. 목에는 빨간 목도리를 느슨하게 둘렀고 버버리 트렌치코트를 걸쳤다.

최근엔 데이트도 전혀 못 했기 때문에 요루카의 가을 복장은 처음 봤다. 귀엽다.

"이대로 공원 데이트라도 하고 싶어."

"지금부터 합숙이잖아. 뭐, 나도 같은 마음이지만."

무심코 흘러나온 본심에 요루카는 내 새끼손가락을 살며시 붙잡았다.

미야치는 한눈에 봐도 알 수 있는 펑크 패션. 가죽 재킷에 작은 꽃무늬가 들어간 원피스, 검은색 망사 스타킹을 신고 발에는 투박하고 두꺼운 통굽이 달린 검은 부츠. 미야치의 금발이며 화장과 어우러져 그대로 무대에 설 수 있을 것 같았다.

카노는 전형적인 그런지 룩이다. 굵은 줄무늬 스웨터에 허리에 묶은 네루 셔츠와 찢어진 청바지, 신발은 잭 퍼셀 컨버스. 본인의 밝은 분위기는 그대로지만, 러프한 복장인데도 고유의 페로몬을 발산했다.

하나비시는 깔끔한 도시 스타일. 도수 없는 안경을 쓰고 카디건에 스탠딩 칼라 셔츠, 스키니한 바지는 절묘한 기장에서 잘려 발목의 양말이 살짝 보이며, 정석인 회색 뉴발란스 스니커를 신었다.

참으로 오인오색, 방향성이 너무 다른 복장이라 도저히 같은 밴드로 보이지 않는다.

"다들 패션이 너무 다르지 않아? 웃겨."

카노는 우리의 통일성 없는 복장이 개그 포인트를 찌른 건지 크게 웃었다.

"아, 잘 웃었다. 음악하고 있을 때가 아니어도 즐겁다니 최고야. 그럼 우리 집 가기 전에 장 보자."

먼저 슈퍼마켓에서 이틀 동안 먹을 식량을 샀다.

그 후에 도착한 카노 미메이의 집은 한적한 주택가 안에 있는 지상 3층, 지하 1층 구조의 단독주택이었다.

건축 디자이너의 센스가 빛나는 스타일리시한 외관.

역시 예술을 생업으로 삼은 사람은 다방면으로 멋을 부리는구나.

"엄마랑 아빠는 라이브 일로 다음 주 초까지 지방에 있으니까 마음껏 연습할 수 있어!"

카노는 신이 나서 우리를 집에 들였다.

자고 갈 수 있는 손님방도 여럿 있었는데, 나와 하나비시는 둘이서 같은 방이었다.

여성진은 카노의 방에 이불을 깔고 같이 잔다고 한다.

바로 연습에 들어가야 하니 막 사 온 식량을 냉장고에 넣고 최소한의 짐을 푼 뒤 바로 지하에 있는 스튜디오로 내려갔다.

놀랍게도 자택에 엘리베이터까지 있다.

엘리베이터의 문이 열리자 그곳은 전국의 밴드맨이 눈을 빛낼 완전 방음 자택 스튜디오.

문외한인 나는 전문적인 부분을 모르지만, 아무튼 돈이 들어갔다는 것만큼은 한눈에 봐도 이해할 수 있었다. 커다란 스피커에 각종 기기가 놓인 건 물론이고, 드럼 세트를 비롯한 악기도 다양하게 갖추고 있다. 벽 한 면은 거울로 되어 있어 노래하는 모습도 확인할 수 있다. 프로 뮤지션도 빌리러 온다고 한다.

"굉장하다."

"상당히 본격적이네."

나와 하나비시가 놀라는 사이 카노가 '둘 다 바로 악기 준비해. 하나비시는 원하는 대로 드럼 세트의 배치를 바꿔도 돼'라며 척척 지시를 내렸다.

　"카노, 되게 신났네."

　"그야 친구와 합숙하면서 음악에 빠져있을 수 있는걸. 당연히 즐겁지."

　카노는 환하게 웃으면서 긴 머리카락을 고무줄로 묶었다.

　이미 준비는 완벽한 모양이다.

　"너무 들뜨지 마. 날 가르치는 게 괜히 더 빡세지니까."

　지도에 열을 올리는 건 적당한 선으로 부탁하고 싶다.

　"……그러고 보면 내가 소속된 밴드가 합숙하는 건 이 링크스가 처음인 것 같아."

　그런 사실에 카노 본인이 놀랐다.

　"연습을 사랑하는 카노 미메이라면 이런 합숙을 여러 번 했을 것 같은데."

　"으음, 어째서지? 세나키스가 너무 못하니까 참을 수 없었나."

　"합숙 성과를 기대해야겠네."

　"실력 업 말고 다른 결과는 필요 없어."

　카노는 별안간 진지한 눈빛이 되었다.

　"힘내겠습니다."

　"평범한 수준으론 부족해. 아주 많이 힘내."

　"근성론이잖아!"

"만화 주인공들은 가혹한 수련 끝에 강해지기 마련이야."

"나는 평범한 인간이거든."

"숨겨진 재능이 각성할지도."

"그런 게 있다면 빨리 끌어내 줘."

"책임이 막중하네. 그럼 한층 더 빡세게 가야겠다."

아차, 무덤을 파버렸어!

악마 교관이 눈을 반짝반짝 빛내면서 나를 신나게 갈아 먹을 생각으로 넘쳐났다.

으음. 아리아 씨도 그렇고 칸자키 선생님도 그렇고, 나를 가르치는 여성은 왜 이렇게 다들 가차 없는 걸까.

"세나는 역시 사랑받는구나."

뒤에서 드럼을 준비하던 하나비시가 엉뚱한 감상을 늘어놓았다.

"어디가! 완전히 무모한 요구잖아."

"무모함에는 두 종류가 있어. 그냥 심술과, 성장을 기대하고 일부러 짐을 안겨주는 것. 미메이는 명백하게 후자야. 그렇지?"

"응응. 세나키스라면 반드시 할 수 있으니까 안심해!"

카노의 보증은 종잇장보다 가볍다.

연습은 바로 협주부터 시작했다.

내가 간신히 전체를 다 연주할 수 있게 되었으니 전원이 끝까지 맞춰보고 카노가 세밀하게 지시한다. 그걸 반복했다.

작은 실수는 끊이지 않았지만, 나는 연주의 즐거움을 적지 않게 실감할 수 있게 되었다.

손가락은 딱딱해졌고 손을 별로 보지 않고도 코드를 잡을 수 있게 되었다.

그렇다고 단숨에 급성장한 건 아니지만, 다른 사람의 연주에 귀를 기울일 여유가 생긴 건 분명하다.

"나 조금 는 것 같아."

휴식에 들어갔을 때, 나는 작은 성취감을 느끼고 무심코 중얼거렸다.

"처음에는 어떻게 될지 걱정이었는데 최소한의 틀은 잡혔네. 흐름을 탔어."

카노가 드물게 칭찬했다.

"아직 매번 실수하지 않으려고 필사적이지만 말이야."

"진지하게 하면 실수는 자연스럽게 줄어들어. 그 상태로 열심히 하자. 다음엔 실수해도 얼굴에 드러내지 않고 연주하는 게 과제야."

"거봐, 또 바로 주문이 늘어났잖아!"

틈만 나면 지시가 날아오기 때문에 나는 잊지 않도록 서둘러 스마트폰에 메모했다.

메모 항목도 어느새 상당히 늘어났다.

"기타리스트가 무대에서 당황하면 꼴불견이잖아. 아무

리 손이 삐끗해도 산뜻한 얼굴로 완벽하게 연주하고 있는데요? 하는 태도가 딱 좋아."

원 포인트 어드바이스라며 카노가 윙크했다.

"그 부분은 오히려 요루카를 걱정해야 하지 않아?"

"아리사카는 연습할 땐 가장 안정적인데 말이야. 슬슬 거친 치료법이 필요하려나."

카노는 불쑥 스마트폰으로 셀카를 찍은 뒤 빠르게 문장을 쳤다. 아무래도 SNS에 업로드하는 모양이다.

"좋아, OK. 문화제 홍보 겸 오늘 밤 9시에 실시간 라이브 할 거니까 잘 부탁해!"

"뭐라고?!"

악마 교관의 난데없는 공연 일정에 나는 완전히 허를 찔리고 말았다.

다른 세 사람도 대충 비슷한 반응이었다.

"메이메이, 너무 갑작스럽잖아!"

"괜찮아. 나 팔로워 만 명 넘으니까 누군가는 보러 올 거야."

"시청자 수 문제가 아니라고!"

미야치도 무척 당황했다.

"히나카는 더 적극적으로, 내 노래를 들려주마! 하는 마음으로 노래해. 더 노래에 심취해야지."

카노는 엄지를 세우며 할 수 있다고 발랄하게 격려했다.

"하나비시는 괜찮아?"

내가 물어보자 하나비시는 '옥상에서 세나가 이야기를

들어준 덕분에 조금 개운해졌거든' 하며 심벌을 가볍게 두드렸다.

가장 큰 문제인 요루카는 키보드 앞에서 얼음처럼 굳어버렸다.

아름다운 얼굴이 새파랗게 질려서 보기 안쓰러울 정도로 겁에 질린 상태였다.

하나비시가 친 심벌 소리로도 해동될 기색이 없다.

"세나키스. 아리사카는 역시 동영상으로도 긴장하는 타입이야?"

"보면 알잖아. 뭐, 연주에만 집중할 수 있다면 괜찮을 테지만……."

눈앞에는 없어도 영상을 통해 불특정 다수가 본다.

요루카에게는 이 자리에서 누군가가 쳐다보는 것과 큰 차이가 없을 것이다.

하지만 처음 경음악부 부실에서 요루카와 카노가 세션했을 때, 나는 그 모습을 몰래 촬영했다. 그때 요루카는 그걸 전혀 눈치채지 못했다.

어떻게 해야 요루카가 그때처럼 할 수 있을까.

여러 번 하다 보면 익숙해지는 일도 당연히 있다.

실제로 문화제 반 대표를 맡게 된 뒤 요루카는 주변과 대화량이 극적으로 늘어났다. 이렇게 친구 집에 자러 올 수 있었던 것도 이미 여름에 세나회에서 여행 간 적이 있기 때문이다.

하나하나의 경험이 요루카를 확실하게 성장시킨다.

지금은 노력해야 하는 타이밍이다.

"마침 잘됐네. 간단히 실전 감각으로 연습할 수 있잖아."

울트라 포지티브인 카노는 요루카 앞에 스마트폰을 들이밀고 '네. 웃어주세요'라며 촬영하는 흉내를 냈다.

"초, 초상권 침해!"

부활 후 첫마디는 몹시 딱딱했다. 저런, 상당히 패닉 상태구나.

"처음 나와 세션했을 때를 떠올려 봐. 그때 아리사카는 연주에 확 집중할 수 있었어. 그것과 같은 감각으로 하면 돼."

역시 카노도 눈치챘던 모양이다.

"쉽게 말하지 마. 요즘은 카노와의 연주도 익숙해져서 처음 같지 않다고."

"권태기 커플이냐."

나는 웃음을 흘렸다.

"나는 그때 이상으로 아리사카가 만족하는 연주를 해내겠어!"

카노는 아무래도 요루카의 한마디에 불이 붙어버린 모양이다.

마침내 경음악부의 카리스마가 진심을 발휘하기 시작했구나.

오전 연습이 끝나고 점심시간.

기분전환 겸 점심은 거실에서 먹기로 했다.

메뉴는 슈퍼마켓에서 산 도시락과 반찬이다.

도시락을 먹으며 밤에 할 생방송에서 뭘 할지 이야기했다.

우리 리더는 전원의 얼굴을 다 보여주면서 연주하자고 가볍게 제안했다.

들어보니 작년 문화제 이후 카노는 정기적으로 라이브 생방송을 하거나 기존 곡의 어레인지 동영상을 올리고 있다고 한다.

예를 들어 하나비시와 옥상에서 들었던 비욘드 디 아이돌의 '일곱 빛깔 클라이맥스'라는 노래.

카노는 이 노래를 하드록으로 어레인지해서 투고했는데, 이게 인기를 끌었다. 상당히 끌었다.

원곡자인 비요아이에게까지 알려져서 멤버들이 반응한 덕에 카노 미메이의 SNS 팔로워 수는 지금도 계속 증가하고 있다.

더불어 이목구비가 뚜렷한 이국적 얼굴에다 현역 고등학생이니 팔로워가 쭉쭉 늘어나는 건 필연이다.

올해도 문화제에 나간다고 보고하자 오겠다는 답글이 가득 달렸다고 한다.

"카노는 생각했던 것보다 더 대단하네……."

경음악부 부원들이 그토록 존경하는 것도 이해가 간다.

하지만 다른 네 명이 얼굴 공개를 반대했기 때문에 영상에는 카노만 나오는 걸로 합의했다.

요루카만은 끝까지 방송 자체를 반대했으나 그 의견이 통과되진 않았다.

"밤의 즐거움이 늘었어."

카노만은 기대에 차서 가슴이 설레는 모양이었다.


점심을 다 먹고 오후 연습도 타이트하게 몰아쳤다. 난데없이 생방송 리허설로 연습 내용이 바뀌는 바람에 좋은 의미로도 긴장감이 확 치밀었다.

각자 약점이 두드러지는 가운데 얼마나 본인의 실력을 발휘할 수 있을지 시험하는 듯한 밀도 높은 시간이었다.

계속 같은 곳을 반복해서 연주하고, 심지어 해가 들어오지 않는 지하이니 시간 감각이 마비된다.

"슬슬 간식 타임!"

리더의 목소리에 간식을 먹으며 쉬는 시간을 마련했다.

다시 거실로 올라가 차나 커피를 마시며 과자를 먹고 쉬었다.

다들 지친 기색이 보였다.

특히 피로가 심각한 나는 특별한 방법으로 쉬고 있었다.

"……세나, 참 뻔뻔해졌구나."

"요루요루도 선뜻 받아주고 말이야."

나는 지금 소파에 누워 요루카의 무릎베개를 베고 있다.

"하아, 허벅지가 극락이로세."

"키스미, 그 감상은 기분 나빠."

입으로는 그렇게 말해도 요루카도 무릎베개를 거부하려는 기척이 없다.

정확하겐 밤에 할 라이브 방송에 정신이 팔려서 나오는 다른 의미로 기운이 없다.

"어쩔 수 없잖아. 이러면 순식간에 잘 수 있어."

"앞으로 3초."

"짧아! 하다못해 3시간!"

"너무 길어. 다리가 마비될 거야. 앞으로 3분."

"그럼 그 3분을 전력으로 즐겨야지."

"30초로 줄여버릴까."

"얌전히 있을 테니 3분으로 유지 부탁드립니다."

연인과의 스킨십으로 깎여나간 집중력이며 체력을 회복했다.

내 시선 끝에는 로봇청소기가 열심히 청소를 하는 중이다. 구석구석 부지런하게 움직이는 그 모습은 왠지 기계로 된 투구게 같았다.

"또 둘이 뭔가 이상한 대화 하고 있잖아."

카노가 비난하듯 눈을 가늘게 떴다.

"일부러 남들 앞에서 이러면서 요루카의 배짱을 단련시키는 거야."

"어? 그런 거였어?"

그런 걸로 해줘, 요루카. 나는 아직 이 허벅지와 헤어지고 싶지 않아.

"지금은 쉬는 시간이니까 눈감아 주지만, 조금은 자중해. 보통 친구 집에서 이런 걸 하냐고."

"그 부분은 미안하다."

"미안하면 우선 아리사카의 허벅지에서 머리를 치워."

"이건 내 체력 회복에 필요해. 이따 재개할 연습을 위해서도 넘어가 줘."

카노는 나에게 말해봤자 무의미하다는 걸 깨닫고 요루카에게 화살을 돌렸다.

"아리사카는 평소처럼 연애에도 쿨한 줄 알았는데, 남자친구에게 딱 달라붙는 타입이었다니. 솔직히 의외야."

"그, 그건……."

요루카는 대놓고 지적받자 제대로 부정하지 못했다.

"아, 그건 괜찮아. 좋아하는 사람과 시시덕거리고 싶은 건 당연한 거니까. 우리 부모님도 러브러브하고."

"카노."

"그래도 연습 중엔 참아줘."

"네."

갸루 스타일의 카노가 전교 1등의 모범생 요루카에게 주의를 준다는 구도는 신선하다.

"역시 카노는 나나무라와도 예전에 사귀었던 사이니까 다양한 연애를 해 본 거야?"

아무도 건드리지 않는 화제를 좋은 기회라는 양 요루카가 끄집어냈다.

요루카도 상당히 남에게 관심을 느끼게 되었구나.

"으음, 모르겠어. 딱히 류가 아니어도 끈질기게 고백하면 귀찮으니까 받아들이지만, 페이스가 안 맞는다면서 결국 금방 헤어지니까. 다들 왜 그렇게 데이트 같은 걸 하고 싶어 하는 거지?"

우와, 참 크리티컬한 질문이다.

동시에 카노 미메이는 상당히 냉정한 연애관을 지녔다는 것이 발각.

"평소와 다른 장소에 가서 많이 가 본 곳에서는 끌어낼 수 없는 상대방의 새로운 반응을 볼 수 있잖아. 데이트하면 상대에 대해 더 깊게 알 수 있어."

나는 일반적인 의견을 내놓았다.

"멀리 나가면 피곤하지 않아?"

카노는 외출을 귀찮아하는 게으름뱅이이기도 한 모양이다.

나나무라가 고전한 것도 이해가 간다.

"데이트는 요컨대 좋아하는 사람과 만나기 위한 구실이니까. 실제로 중요한 건 어디에 가는가보다 둘만의 시간을 어떻게 보내는가야. 특히 사귀기 전이나 막 사귀기 시작했을 때는 아직 상대방에 대해 알아가는 기간이라고 보고. 데이트해서 서로 거리를 좁히고, 둘만의 추억을 만들면 유대감이 더 단단해지잖아?"

"나도 좋아하는 사람의 시간을 독점할 수 있으니까 데이트하는 게 기쁘고 즐거워."

요루카는 힐끔 내 얼굴을 봤다.

"많은 사람과 만나서 이야기하고 친해지는 건 이해해. 나도 이렇게 링크스 멤버들과 연습하면서 무척 즐거우니까. 하지만~~."

카노는 불만이라는 듯 퉁명스러운 얼굴로 일단 말을 끊었다.

"하지만 뭔데?"

"지금까지 밴드를 만들었다가 나에게 고백하는 남자는 많이 있었지만, 내가 진심으로 좋아한 남자는 한 명도 없었던 이유는 뭘까?"

그 질문에 모두 침묵했다.

나도 요루카의 허벅지에서 머리를 들어 올리고 말았다.

아니, 글쎄. 카노는 자신의 연애 스위치가 눌리는 포인트를 모르는 모양이다.

"분명 미메이는 진정한 사랑을 아직 만나지 못한 게 아닐까."

오묘한 분위기를 알아차린 하나비시가 수습하듯 발언했다.

역시 학생회장. 이런 순간적인 재치가 빛납니다!

"거기 실연을 질질 끌고 있는 하나비시, 진정한 사랑이란 어떤 거야? 가르쳐줘."

설마 했던 미야치가 상처에 소금을 뿌리는 소릴 했다.

"글쎄. 맺어지면 하늘을 날 듯이 행복해서 가슴이 벅차 오르는 것. 실패하면 나에게만 세계 멸망이 닥친 듯한 고독과 절망에 시달리는 것일까."

참으로 절묘한 표현이다.

나도 요루카가 고백의 답변을 보류했던 시기는 말 그대로 세계 멸망을 코앞에 둔 기분이었다.

그 봄방학에는 불안을 잊기 위한 기행도 많이 해서 동생이 진지하게 걱정했을 정도다.

"그럼 하나비시는 계속 절망해서 괴로워하는 거구나. 고생이네."

여보세요, 미야치 왜 그래? 미야치답지 않게. 상당히 공격적인데. 심지어 활짝 웃고 있다. 대체 왜 저래? 뭔가 개인적인 원한이라도 있나.

"미야우치, 너무 가혹한 말은 자중해줄 수 있을까."

하나비시는 변함없이 빈틈없는 미소를 유지했다.

"에이, 나는 메이메이를 위해 캐내는 것뿐이야. 하나비시는 전에도 실연했던 이야기 했잖아. 이제 와서 숨길 게 뭐 있어?"

미야치, 한층 더 공격! 상처를 너무 후벼 파서 피가 푸학 나온다. 좀 살살 해라.

"저기, 그럼 나는 조금 이르지만 저녁 만들러 가 볼게."

아침에 미리 요리 담당으로 자원했던 요루카는 빠르게 이 자리에서 이탈하려 했다.

"아, 나도 도울게!"

나도 편승해서 탈출을 시도했다.

"세, 세나키스는 저녁 될 때까지 나와 연습해! 지금 당장 스튜디오 가자!"

카노마저 무언가 심상치 않은 분위기를 느낀 모양이다.

"그, 그래, 카노! 가자! 나를 특훈시켜줘!"

"좋아, 세나키스! 화이팅!"

나는 부리나케 거실에서 철수했다.

"그, 저녁 먹기까지 자유시간이야. 연습해도 되고 방에서 쉬어도 되고 마음대로 해."

카노는 일단은 리더로서 지시를 내린 뒤 내 뒤를 쫓아왔다.


나와 카노는 같이 엘리베이터를 타고 스튜디오로 내려갔다.

"조금 전에 히나카 화난 거지?"

"하나비시와 미야치 사이에 무슨 일이라도 있었나?"

통 두 사람 사이에 특별한 관계를 발견할 수 없었기에 그 묘한 분위기도 이유를 알 수 없었다.

"사실은 옛날에 사귀었다거나?"

"그건 아닐걸."

"가능성이라면 세나키스와 아리사카가 훨씬 놀라운데."

"훗. 그런 말은 질리도록 들었어. 카노는 음악은 잘하지만 연애 편차치는 낮아 보이는구나."

"편차치라니, 좋아하는 감정을 숫자로 치환할 수 있는 거야? 그걸로 상하나 우열을 가를 수 있어? 좀 싫지 않아?"

천재는 분명 무자각으로, 하지만 적확한 소리를 했다.

"카노 말이 맞아. 지금 그건 내 실언이었어. 흘려넘겨줘."

"좋아한다는 감정은 사람마다 형태나 무게나 감각이 다른 거잖아. 똑같이 좋아한다는 표현을 써도 감정의 크기나 깊이가 맞지 않으면 어려워진단 말이지."

"필링 말하는 거야?"

카노 미메이는 연애를 무척 섬세하게 받아들이고 있는 듯했다. 그 감각마저 같은 수준으로 공유하진 못하지만, 그녀의 말은 이해할 수 있었다.

"응. 그런 의미에서라면 나는 세나키스를 꽤 좋아해."

카노는 천연덕스럽게 오해를 부르는 말을 던졌다.

"뭐?! 나는 요루카의 연인이야."

여자에게서 대놓고 좋아한다는 말을 듣는 바람에 무심코 동요하고 말았다.

"알아. 하지만 감각을 말로 꺼내면 그렇게 된단 말이지."

당사자인 카노는 마치 남의 일처럼 굴었다. 놀라서 손해 본 기분이다.

"하아. 그럼 애정을 담아서 친절하게 지도해줘."

"그렇게 해서 늘 것 같으면 특별히 해줄까?"

"시간이 있다면 그것도 괜찮았겠지."

아쉽게도 느긋하게 연습할 여유는 없다.

"실전이 코앞이야! 포기하고 내 가르침을 따르거라, 세나키스. 즐거운 음악 시간을 만끽해야지!"

나는 다시 기타를 들었다.


요루카가 저녁이 다 됐다고 부르러 와서 카노와의 하드한 맨투맨 레슨이 끝났다.

결국 미야치도 하나비시도 스튜디오에는 내려오지 않았다.

바깥은 이미 캄캄했지만 식탁에선 빛이 났다.

밤밥, 가을 연어와 버섯 호일 구이, 고구마를 넣은 닭볶음, 호박 베이컨 치즈구이 등등.

요루카가 실력을 발휘해서 만든 요리를 다 함께 먹었다.

가을의 맛을 듬뿍 사용한 메뉴는 전부 감탄이 나올 만큼 맛있었다.

"아리사카, 너무 맛있어!"

카노는 환하게 웃었다.

"요루카, 몰래 고급 재료라도 넣은 거야?"

"아침에 슈퍼에서 산 것들이잖아. 키스미도 같이 고르는 거 봤으면서."

종일 기타 연습에 찌들어 있던 몸에 연인이 직접 만든

요리의 맛은 한층 각별했다.

나에게는 눈물이 나올 만큼 맛있다.

"그럼 만든 사람인 아리사카의 실력이 좋은 거네. 장래에 좋은 신부가 되겠어."

하나비시도 극찬했다.

"우와 고전적인 칭찬. 하나비시, 구시대적이야."

"……미야우치는 나에겐 무척 엄하단 말이지."

하나비시는 미소를 무너트리지 않았지만 조금 곤란한 듯 눈썹꼬리를 내렸다.

"착각 아니야?"

이 두 사람 사이엔 여전히 불꽃이 튀고 있다.

저녁을 다 먹고 뒷정리를 마친 뒤 모두 스튜디오로 내려갔다. 드디어 생방송이다.

사전에 세나회 그룹 채팅방에 스트리밍 URL도 보내두었다.

**사유 : 반드시 볼게요! 화이팅하세요!**

**류 : 긴장해서 실수하지 마라.**

사유와 나나무라에게서는 바로 답이 왔지만 아사키는 반응이 없었다.

방송 전. 우리는 마지막 리허설을 했다. 모두의 표정도 표정이지만 소리를 통해 긴장이 전해졌다.

예정 시각이 가까워질수록 나도 가슴이 벌렁거렸다.

링크스로서는 화면 너머라고는 하나 경음악부 오디션

이후 두 번째로 관객 앞에서 하는 연주다.

각자 진지한 얼굴로 최종 점검에 들어갔다.

"카노. 서는 위치 말인데, 나는 요루카 앞이어도 돼?"

"아리사카와 마주 보면서 연주한다고? 왜?"

"실험 좀 하려고. 어차피 찍히지 않을 거니까 문제없지?"

"응. 나도 카메라 앞에 있어야 해서 세나키스를 봐줄 수 없으니까. 마음대로 해."

리더의 허락을 얻은 나는 요루카 앞에 섰다.

"어? 키스미. 너무 가깝지 않아?"

"이게 딱 좋아."

나는 키보드에 부딪힐락 말락 한 아슬아슬한 거리에서 기타를 들었다.

"키스미가 거기에 서면 다른 사람이 안 보이는데."

"안 봐도 돼. 요루카는 귀가 좋으니까 맞출 수 있겠지."

"가능하긴, 하지만……."

"요루카는 다른 건 생각하지 마. 나만 보고 나만 생각하면서 나만을 위해 연주해줘."

"왜?"

"나 보는 거 싫어? 평소엔 더 가까운데."

"그렇지만, 그것과 이건……."

요루카는 의심스러운 눈으로 나를 보았다.

"괜찮으니까, 연인이 하는 말을 믿어봐."

"응."

요루카는 순순히 고개를 끄덕였다.

"자, 다들 준비됐어? 해 보자고. 첫 번째 곡이 시작하면 끝까지 논스톱으로 갈 거니까 잘 부탁해!"

시각은 21시.

그날 밤 링크스의 첫 생방송은 결과적으로는 대성공이자, 대실패였다.

# 막간 2

간식타임 후, 세 사람이 거실을 떠나자 나도 목을 쉬기 위해 방으로 돌아가려고 했다.

"미야우치, 슬슬 속을 터놓고 이야기하지 않겠어?"

"뭘?"

"나에게 화풀이하고 싶은 마음은 이해하지만, 지금은 같은 밴드 멤버로서 조금 더 원만하게 지내고 싶은데."

"뭐 오해하는 거 아니야? 나는 하나비시에게 아무 감정 없어."

"그럼 하다못해 내 참회를 들어줘."

"…………."

이렇게 하나비시와 단둘이 대화하는 건 1학년 3학기 종업식날 이후 처음이다.

"나는 후회해. 3학기 종업식 후에 복도에서 울상을 짓던 미야우치에게 말을 걸었던 걸."

"이제 와선 그리운 일이네."

나는 퉁명스러운 목소리로 대답했다.

"내가 등을 떠밀지 않았다면 미야우치는 세나에게 고백하지 않았을 거잖아?"

종업식 후, 나는 고백 명당으로 유명한 교사 뒤 벚나무 아래에서 스미스미가 요루요루에게 고백하는 장면을 건물 위에서 몰래 훔쳐봤다.

요루요루가 불쑥 떠나간 뒤 나는 온갖 감정이 흘러넘쳐서 패닉에 빠져 복도에 주저앉고 말았다. 그런 내 앞에 우연히 하나비시가 지나갔다.

『우는 것 같은데 괜찮아? 고민이 있다면 말해봐.』

그는 당연하다는 듯 손수건을 내밀었다.

지금 좋아하는 사람이 벚나무 아래에서 여학생에게 고백했다. 하지만 그 여학생은 도망치듯 달려갔다고 설명했다.

『으음, 그렇다면 아직 희망은 있지 않을까? 용기를 내서 그 좋아하는 사람에게 고백하는 걸 추천할게.』

나는 고스란히 그 조언에 등을 떠밀려 봄방학 때 스미스미에게 고백했다.

"내가 고백하지 않았어도 스미스미와 요루요루가 사귀는 건 변하지 않아. 이제 와서 사과할 필요 없고, 딱히 원망 같은 건 없으니까 안심해."

그 진심은 단호하게 전달했다.

고백했을 때 스미스미는 무척 괴로운 듯한 표정을 지으면서도 성실하게 대답해주었다.

나는 그의 다정함에 파고들듯, 마지막엔 앞으로도 변함없이 친구로 지내달라고 부탁하고 말았다. 지금 돌아보면 참으로 민망하다.

실연 직후의 인간은 제대로 된 판단을 내리기 어렵다.

세나 키스미라는 남자는 굳이 그런 소릴 하지 않아도

태도를 바꿀 리 없는데.

"그보다 하나비시는 내가 차였다는 걸 누구에게 들었어? 보고 안 했잖아?"

"복도에서 스쳐 지나갈 때마다 내가 안 보이는 듯한 태도를 보이면 자연스럽게 눈치채지."

"상대가 스미스미라는 걸 안 건?"

"링크스를 결성하고 같이 연습하는 사이에 대충."

"관찰력이 좋네. 인기가 많을 만해."

"하지만 나도 진심인 상대에겐 차였어."

"……아사키에게 차인 덕분에 내 마음을 잘 이해했지?"

"덕분에."

하나비시는 어깨를 으쓱했다.

"미야우치. 그 교사 뒤 벚나무 아래가 고백 명당이 된 건 언제부터인 것 같아?"

하나비시는 여전히 끝난 일을 들쑤시는 듯한 질문을 던졌다.

"몰라. 옛날부터 아니야?"

"사실은 고작 몇 년 전부터야. 내 형이 아리사카의 언니에게 고백했다가──**차인** 장소가 그 벚나무 아래거든."

"어? 그건."

하나비시의 이야기가 사실이라면 앞뒤가 맞지 않는다.

"그래, 본래는 연애운과는 전혀 거리가 먼 장소였지. 그런데 소문에 사실과는 다른 살이 덧붙여져서 어느새 고백

명당이 된 거야."

"요루요루의 언니는 전설의 학생회장이었으니까, 나처럼 누군가가 훔쳐보고 소문을 퍼트렸던 걸까."

나는 묘하게 이해해버렸다.

실제로 언니는 요루요루에게 뒤지지 않는 매력적이고 재미있는 사람이었다. 인기인이니까 고백도 많이 받았겠지. 그 위광에 편승하는 형태로 자신의 연애를 이루고 싶은 아이들이 많았을 터이다.

언제든 고등학생에서 연애는 떼어놓을 수 없다.

"고백 상대가 도망쳤다고 듣고, 나는 진심으로 승산이 있다고 생각했어."

하나비시도 굳이 따지라면 순진한 타입이다. 어디까지나 격려할 생각으로 선의에서 내 등을 밀었던 거겠지.

"──그래도 사귀게 된 두 사람은 처음부터 연인이 될 운명이었던 거지."

내 얼굴에 자연스럽게 웃음이 퍼졌다.

"응. 그 두 사람을 보면 나도 그렇게 생각해. 두 사람이 오래오래 행복하길 바라."

"처음으로 의견이 맞았네."

나는 드디어 하나비시의 얼굴을 제대로 본 느낌이 들었다.

"뭐, 어차피 가능성은 작았어. 나는 꼬맹이고, 괴짜고, 남자들이 좋아할 법한 포인트가 없으니까."

"미야우치는 매력적인 여자야. 조금 소극적이지만 친절

하고 주관이 확고하고, 그 풍부한 감수성에서 발휘되는 표현은 무척 멋지지."

"칭찬 장인이면 인기가 너무 많아져서 고생이겠네."

"내가 얄팍하다는 건 자각하고 있어. 난 감정적으로 행동하는 게 껄끄러워. 천재인 미메이는 그 부분을 제대로 눈치챈 거지. 미야우치가 본심을 드러내는 걸 무서워하는 것도. 그렇잖아?"

하나비시는 머리카락을 쓸어 넘겼다.

"좋은 기회잖아. 미메이가 지적한 문제를 누가 먼저 극복할지 대결하지 않을래?"

"구체적으로는?"

"밤의 라이브 생방송. 나는 실연의 슬픔을 토하기 위해 드럼을 치겠어. 미야우치는, 그래. 나에 대한 불만을 노래로 부딪쳐."

"서로 부정적인 감정이네."

"적당히 어르고 달래는 것보다는 힘껏 토해내는 게 재미있어지지 않을까?"

나도 메이메이에게 더 적극적으로 노래하라는 말을 들었다.

어차피 한 번뿐인 방송. 확실히 그게 훨씬 재미있을 것 같다.

"안녕하세요~."

밤 9시. 생방송은 카노의 느릿한 인사로 시작했다.

익숙한 듯 바로 동영상에 올라오는 답글을 픽업하며 가볍게 이야기를 이어갔다.

이번엔 문화제 당일에 연주할 카노 미메이 작사·작곡의 오리지널곡 세 개를 그대로 연주하기로 했다. 애초에 나는 다른 노래를 칠 수도 없고.

다른 네 명은 화면 밖에서 조용히 카노의 신호를 기다렸다.

"그럼 첫 번째 곡 갑니다!"

연주가 시작됐다.

요루카는 처음부터 조마조마한 얼굴로 이쪽을 보고 있었다. 내가 작은 실수를 반복할 때마다 표정이 노골적으로 바뀌더니 급기야 '괜찮아?'라며 눈으로 나와 대화하게 되었다.

나는 나대로 아무튼 지금 할 수 있는 최선을 다하려고 필사적으로 손을 보지 않은 채 연주했다. 머릿속에 코드 진행은 쑤셔 넣었다. 남은 건 실전의 긴장감 속에서도 얼마나 연습한 대로 연주할 수 있는가.

그 결과 나와 요루카는 거의 싸우기라도 하는 것처럼 서로의 얼굴만 쳐다봤다.

예상한 대로 요루카는 나에게만 집중하자 화면 너머에서 느껴지는 시선을 의식하지 않고 본래의 실력을 발휘하고 있었다.

나도 끝까지 무너지지 않고 연주를 마쳤다.

다른 세 사람의 플레이는 귀에 들어오긴 했지만, 그게 실제로 어떤 식의 연주였는지 알게 된 건 다 끝난 뒤였다.

리더의 지시로 우리 다섯 명의 연주를 별도의 카메라로 동시에 녹화한 덕분이다.

『어떻게 보여줄지도 포함한 퍼포먼스니까! 멋있게 연주해야지!』

나는 내가 아이돌 연구회 아이들에게 했던 말과, 그녀들이 옥상에서 연습하는 모습을 떠올렸다. 보여주는 방식은 중요하다. 나는 그 녹화 영상을 보며 마음이 동작에 드러난다는 걸 실감했다.

예를 들어 하나비시는 어째서인지 지금까지 그랬던 것처럼 정확도에 집착하지 않고 거칠게 목을 흔들며 보컬을 지워버릴 듯 시비조로 드럼을 두드렸다. 마치 도발이다. 목에 코르셋 안 달아도 괜찮은 거냐?

하나비시의 격렬한 드럼 비트에 미야치는 다소 짜증이 난 듯했다.

항전하듯 미야치의 보컬도 평소보다 감정이 실린 창법이었다.

미야치는 드럼 너무 시끄럽잖아, 내 노래를 들어! 라는 듯 하나비시를 곁눈질로 노려보고 있었다.

두 번째 곡부터 단숨에 목소리를 틔워 노래라기보다는 외침이라는 느낌이었지. 원래도 목소리가 좋고 노래를 잘하지만 여기에 맛이라고 해야 하나, 깊이가 더해진 것처럼 들렸다.

"이거야, 이거. 기다렸어!"

낮과는 명백하게 다른 우리의 라이브에 감화된 카노의 기분이 급상승. 흥분해서 중간부터 애드립을 팍팍 추가했다.

급기야 생방송 중이라는 것도 잊고 본인의 마음이 가는 대로 폭주.

화면 밖으로 뛰쳐나가질 않나, 머리카락을 마구 휘날리는 등 난리였다.

웃는 얼굴로 흥에 겨워서 완벽하게 들뜬 나머지 마지막엔 우리마저 제쳐놓고 독주했다.

본인이 제일 즐기고 있다.

세 번째 곡이 끝나자 정신을 차린 카노가 급하게 덧붙이듯 아하하 웃으며 '문화제 놀러와~~'라고 홍보한 뒤 방송을 끝냈다.

미인 갸루 여고생 베이시스트가 대난동이라며 그 생방송 영상도 유명해졌다.

"결과가 좋으면 다 좋은 거야."

우리 리더는 역시 거물이다.

방송을 마친 해방감과 해냈다는 성취감을 전원이 느꼈을

터. 마지막에 별도로 녹화했던 영상을 보고 오늘은 종료.

가족용과는 별개로 마련해둔 손님용 샤워실에서 뜨거운 물로 하루의 피로를 씻어냈다.

아침에 집합했을 때는 밤엔 잡담이라도 하며 늦게까지 놀자는 이야기도 나왔지만, 그럴 여력은 누구에게도 남아 있지 않았다. 오늘도 연습 수고했습니다.

◇ ◇ ◇

같은 방을 쓰는 하나비시는 일찌감치 잠들었다.

나도 오랜만에 제대로 된 시각에 누웠는데 하필 또 오늘 밤은 잠이 오지 않았다.

평소 집에서 늦은 시각까지 연습할 때는 중간에 곯아떨어지는데, 아드레날린이 과도하게 나온 모양이다. 샤워 정도로는 흥분이 가라앉지 않았다.

연습의 성과가 드디어 나왔다.

횟수를 거듭하면서 좋은 쪽으로 변화를 느끼고, 그게 자신감이 되었다.

그게 기뻐서 마음이 진정되지 않았다.

잠시 침대에 가만히 누워있었지만 역시나 잠이 오지 않아, 나는 물이라도 마시려고 거실로 향했다.

그러자 부엌 쪽에 불이 켜져 있었다. 들여다보니 요루카가 있었다.

"요루카?"

"어라? 키스미. 무슨 일이야?"

"왠지 흥분해서 잠이 안 오더라고. 요루카는?"

"나도 마찬가지야. 따듯한 우유라도 마시면 진정될까 싶어서."

"내 것도 부탁해도 될까?"

"물론이지."

달이 밝기에 거실 전등은 굳이 켜지 않은 채 카펫 위에 나란히 앉았다.

머그잔에 담긴 뜨거운 우유를 한 모금 마셨다.

창문에서 들어오는 달빛이 요루카의 미모를 은은하게 비추었다.

"생방송, 꽤 잘 하지 않았어?"

"응. 나도 놀랐어. 여유 같은 건 없었는데 별로 긴장하지 않았더라."

요루카도 분명한 변화를 느낀 모양이었다.

"당일에도 이런 식으로 가면 안심이네."

"무대에서도 나와 마주 보고 기타 칠 거야?"

"아니, 아무리 그래도 그건……."

요루카는 비교적 진심이라는 얼굴이었다.

그렇게 해주고 싶은 마음은 굴뚝같지만, 관객이 보기엔 참으로 괴상한 광경일 것이다.

"여왕님의 명령이야."

내가 예전에 제안했던 걸 요루카는 똑똑히 기억하고 있었다.

"굉장히 귀여운 명령이네."

"여왕님의 명령엔 절대복종이잖아?"

"마주 볼 수는 없어도, 내 등만 보면 돼."

"그건 당연하고."

시선을 의식하지 않고 자유롭게 칠 수 있었다는 오늘의 성공 경험이 또 하나 요루카의 자신감으로 이어질 것이다.

어둠 속에 뜬 요루카의 옆얼굴은 하얗게 빛나는 것처럼 보였다.

달빛을 받아 반짝이는 입술에는 꽃 같은 미소가 걸려 있다.

"당일에도 나만 생각하면 잘 될 거야."

내가 해놓고도 닭살 돋는 말이지만, 사실이니 어쩔 수 없다.

성공 사례는 말로 정리해두면 재현성이 올라간다.

"그렇구나. 나는 키스미만 보면 되는 거였어."

요루카는 절절히 중얼거렸다.

"그래. 나만 봐."

"그렇게 할게."

요루카는 그렇게 내 어깨에 머리를 기댔다.

따뜻한 우유의 희미한 단맛을 음미하며 조용히 시간을 공유한다. 팽팽하게 조여져 있던 것이 느슨하게 풀리며 편안해지는 걸 느꼈다.

차가운 공기 속에서 따뜻한 음료를 마시면 행복해진다.

요루카의 체온도 한층 따뜻하다.

"이런 식으로 둘이서 느긋하게 있는 것도 오랜만이네."

요루카가 내 손을 잡았다.

나도 머그잔을 살며시 옆에 내려놨다.

"문화제는 휴식 시간을 맞춰서 같이 돌자."

"응, 기대된다. 하지만……, ──못 기다리겠어."

요루카는 반대쪽 손으로 내 가슴을 살며시 더듬었다.

나긋한 손가락이 마치 건반 위를 미끄러지듯 움직였다.

"요, 요루카……?"

애태우는 듯한 손놀림에 꼼짝도 할 수 없었다.

"요즘 계속 스킨십 못 했잖아. 그러니까 더는 못 참겠어."

요루카가 손을 잡아당기는 바람에 나는 바닥으로 쓰러졌다.

그대로 요루카는 당연하다는 듯 내 위에 올라탔다.

"어?"

나는 어안이 벙벙해져서 바로 상황을 파악하지 못했다.

내 몸통이 요루카의 허벅지며 엉덩이의 감촉을 느끼고 있다.

천장을 배경으로 요루카가 나를 바라보고 있다.

"전과는 반대네. 미술 준비실에서 자빠트려졌을 때는 굉장히 두근거렸어."

요루카의 목소리는 열이 담겨 있으면서도 침착했다.

아침에 여동생이 나를 깨우기 위해 천진난만하게 배 위에 올라타는 것과는 차원이 다르다.

다른 해석의 여지 없이, 연인이 내 위에 올라탔다는 현실.

가슴이 크게 뛴다.

"너무 대담한 거 아니야?"

워낙 갑작스러워서 나는 이 현실성 없는 상황을 아직 이해하지 못하고 있었다.

"열심히 한 사람에게는 보상이 있어야 하잖아."

뇌리에 되살아난 것은 구기대회에서 내가 발목을 삐었을 때의 보건실.

우리는 그곳에서 처음으로 서로를 껴안았다.

그때처럼 요루카는 내 머리를 껴안으려고 상반신을 가까이 가져왔다.

요루카의 손가락이 내 머리카락 사이를 빠져나가더니, 소중한 것을 끌어안듯 내 머리를 감쌌다. 얼굴을 누르는 가슴의 온기와 부드러움과 단내가 내 뇌를 마비시켰다.

오감이 전부 예민해진다.

빠르게 뛰는 요루카의 심장 소리가 바로 앞에서 들렸다.

여느 때보다 적극적인 요루카의 행동에 나는 최후의 이성을 쥐어짰다.

"나도 그러고 싶지만, 남의 집이잖아."

"안 되는 장소니까 흥분하는 거야."

요루카의 손이 내 얼굴을 감쌌다.

"나도 굉장히 두근거리긴 하는데."

"여자도 쌓이는 건 쌓여."

부끄러움을 능가하는 충동에 떠밀린 듯 요루카의 얼굴은 관능적이다.

"요루카……."

"여왕님의 명령엔 절대복종이야."

속삭이듯 명령한다.

그녀의 눈동자 깊은 곳에서 타오르는 것이 내 이성을 무너트렸다.

──아, 더는 무리다.

나도 모르는 사이에 요루카의 입술을 훔쳤다.

어찌할 수 없을 만큼 키스하고 있다.

평소처럼 쪽쪽 맞대는 귀여움이나 가볍게 닿는 정도의 소프트한 것과는 다르다.

잡아먹을 듯 입술을 포개고 서로의 깊은 곳을 느끼듯 거칠게 갈망했다.

그대로 가장 안쪽까지 더듬듯이 뜨거운 혀를 뒤섞었다.

요루카의, 여자아이의 감촉을 전신으로 느낀다.

반대로 꽉 누르듯이 내 팔도 요루카의 머리와 등에 감겨 있었다.

요루카는 거부하지 않는다. 오히려 기쁘다는 듯 몸을 바싹 붙였다.

뜨겁고, 숨이 막히고, 하지만 멈출 수 없다.

입 주변이 두 사람의 타액으로 젖은 것을 느꼈다.

얼마나 시간이 지났을까.

그저 키스만 했는데도 둘 다 땀을 흘렸다.

몽롱한 얼굴인 요루카는 농염하게 입을 살짝 벌리고 있었다.

아직 부족하다는 듯, 투명한 실이 입술을 떼었는데도 두 사람 사이를 묶어놓는다.

이미 말조차 잊었다.

눈을 보자 상대방이 무슨 생각인지 알 수 있다.

허락도 그 무엇도 필요 없다.

신호도 없이 우리는 다시 입술을 겹치려고 했다.

그때 문이 철컥 열렸다.

"아리사카? 괜찮아?"

졸린 목소리로 거실에 나타난 사람은 카노였다.

계속 방으로 돌아오지 않는 요루카를 걱정해서 살펴보러 온 모양이다.

우리는 굴러가듯 탁자 뒤로 몸을 숨겼다.

척하면 척인 훌륭한 연계 플레이.

텔레파시라도 통하는 것처럼 주저 없는 행동이었다.

그대로 숨을 죽이고 기척을 숨겨 존재를 없앤다. 바닥에 동화하듯 자세를 낮추고 최대한 카노의 시야에 들어가지 않도록 했다.

"어라? 누가 있었던 것 같은 느낌이 들었는데."

카노는 거실을 두리번거리는 모양이었다.

어둠 속에 연인과 단둘이. 이 상황에서 들켰다간 변명하기 아주 어렵다.

게다가 내게는 지금 들키는 것 말고도 다른 위험 요소도 있다.

"키스미, 괜찮아?"

요루카가 귓가에서 숨이 섞인 목소리로 속삭였다.

탁자 뒤로 구를 때 위아래가 바뀌는 바람에 이번에는 내가 요루카 위에 올라타는 듯한 자세가 되었다.

그래서 나는 지금, 소위 근육 트레이닝의 플랭크 자세와 비슷한 상태.

바닥에 팔꿈치를 붙이고 체간에 힘을 줘서 등을 곧게 편 자세를 유지했다.

"무리하지 말고, 그, 내 위에 올라가도 돼."

요루카는 부끄러워하면서도 그렇게 속삭였다.

"이렇게 안 하면 저쪽 상황도 안 보여."

나는 요루카의 위에서 몸이 밀착할락 말락 한 아슬아슬한 거리를 유지했다.

꼬박 하루 동안 기타를 쳤던 육체에는 상당히 혹독한 자세다. 팔이며 등이며 배까지 전신이 모조리 비명을 질렀다. 이마에 진땀이 희미하게 맺히는 걸 느꼈다.

"힘들어 보여. 그러다 소리가 나면 들킬 거야."

어디까지나 나를 염려해주는 요루카. 나도 그녀의 다정

함에 기대어 편해지고 싶다.

하지만 내가 요루카 위에 올라가면——내 국소적 긴장도 들킨다.

내 몸뚱이 중 지금 가장 큰일이 난 곳은 팔도 등도 아니고 다른 장소다.

조금 전까지 나눈 역대 최고로 대담한 스킨십으로 일부의 혈류가 대폭으로 증가하는 바람에 완전한 축제 상태다.

고양된 일부의 자기주장은 내 의지만으로는 어떻게 제어할 수 없다.

요루카를 내려다보는 자세가 되었음에도 어떻게든 닿지 않는 아슬아슬한 거리를 필사적으로 유지했다.

아무리 그래도 내 폭주를 요루카에게 들키는 건 부끄럽다.

어떻게든 머릿속으로 다른 생각을 하려고 했지만, 내 바로 아래에 요루카가 매혹적으로 누워 있다는 현실 앞에서는 소용없는 시도였다.

심지어 카노의 발소리가 다가왔다. 언제 들켜도 이상하지 않다.

말 그대로 천국과 지옥.

"거실 불도 안 켜져 있는데. 내 착각인가."

어떻게든 바로 아래의 선정적인 광경에서 시선을 돌리기 위해 나는 목을 움직였다. 그러자 바닥에 내려놓고 잊어버린 머그잔 두 개가 시야에 들어왔다.

무심코 숨이 멎을 뻔했다.

큰일이다! 제발 눈치채지 말아줘.

"저기, 키스미. 왜 그래?"

"조용히."

나는 목소리를 죽이고 그렇게 전하는 게 고작이다.

위험하다. 팔도 등도 한계다. 팔이 덜덜 떨리기 시작했다. 언제 요루카 위에 쓰러져도 이상하지 않다.

카노의 기척이 바로 근처까지 왔다.

"——엇?!"

카노가 졸음이 날아갔다는 듯 커다란 목소리를 냈다.

끝장이다. 포기하고 솔직해지자. 그렇게 결의한 순간.

"뭐야, 로봇청소기 소리였잖아."

거실 구석에서 동그란 고성능 로봇청소기가 끙차끙차 움직이고 있었다.

카노는 휙 발걸음을 돌려 복도로 나갔다.

문이 탁 닫혔다. 기척이 멀어진 걸 확인한 뒤 우리는 어느새 멈추고 있던 숨을 내쉬었다.

"사, 살았다~~."

안도한 나머지 긴장의 실이 풀려 팔에서 힘이 빠졌다.

나는 부드러운 요루카의 몸 위로 쓰러졌다.

그리고 딱딱해진 부위가 요루카의 허벅지 부근에 닿았다.

"저기, 키스미. 뭔가 닿는——."

요루카는 영문도 모르고 당황한 것도 잠시, 바로 내 이변을 알아차렸다.

◇ ◇ ◇

합숙 둘째 날.

"둘이 무슨 일 있어?"

아침 식사 자리에서 미야치가 살그머니 물었다.

오늘 아침은 나와 요루카가 눈도 마주치지 않는 걸 의아해하고 있었다.

"아무것도 아냐!" "응, 아무 일 없어!"

"……수상해."

미야치는 나와 요루카를 번갈아 바라봤다.

"그러고 보면 밤중에 눈을 떴더니 아리사카가 방에 없던데. 미아가 된 건가 해서 찾았어."

카노가 한층 더 질문했다.

"잠이 안 와서 부엌에서 아침 식사 밑준비를 했어. 그 후엔 손을 씻으러 갔고. 내가 방에 돌아갔을 땐 카노는 자고 있었으니까 엇갈린 거 아닐까?"

"아, 그럴지도. 거실에도 불이 꺼져 있었으니까. 나는 누가 있나 보러 갔는데 로봇청소기가 청소하고 있더라."

"걱정 끼쳐서 미안해."

"괜찮아. 아무 일도 없었다면 다행이지."

카노는 그 이상 추궁하지 않았다.

물론 아무 일도 없었던 건 아니다.

그 후에 내 이변을 알아차린 요루카는 허둥지둥 거실에서 뛰쳐나갔다.

혼자 남은 나는 어떻게 할 수 없는 괴로움을 안은 채, 우선 머그잔을 치우고 방으로 돌아갔다. 물론 바로 잠들지는 못했다.

아무튼 링크스는 오늘도 열심히 연습했다.

어젯밤 일을 잊어버리기 위해 나도 요루카도 연주에 몰두했고, 거기에 동화되듯 다른 세 사람도 한층 집중했다.

점심 휴식 땐 당일 입을 의상 이야기를 나눴다.

다양한 아이디어가 나왔지만 모두의 마음을 울리는 건 좀처럼 없었다.

"어차피 문화제용 즉석 밴드니까 아예 교복이어도 괜찮지 않아?"

나의 이 한마디에 당일은 교복을 입은 채 무대에 서기로 했다.

영락없이 음악 사랑이 투철한 카노가 반대할 줄 알았으나, 뜻밖에도 의상에는 별다른 고집이 없는 모양이었다.

"링크스는 모두 옷 취향이나 특징도 제각각인데 하나의 밴드가 된 거 자체가 이미 재밌잖아. 반대로 교복 차림으로 문화제의 피날레를 장식하는 게 더 록 같아."

리더의 허락이 나온 이상 나는 딱히 할 말이 없었다.

그대로 휴식을 끼워가며 저녁까지 계속 연습했다.

그 후 합숙 마무리로 세 곡을 한달음에 연주.

이번에도 거의 실수 없이 칠 수 있었다.

"오오~ 나 해냈어!"

나도 모르게 주먹을 불끈 쥐었다.

"스미스미, 나이스."

"세나는 몰라볼 만큼 늘었네."

"아직 한참 멀었지만, 최소한의 관문은 클리어했네. 세나키스, 잘했어."

카노는 변함없이 깐깐한 점수를 줬지만, 그래도 만족스럽게 웃고 있었다.

"악마 교관이 칭찬해줬어."

"누가 악마 교관이야! 나는 고레벨의 결과를 원하는 것뿐이라고!"

"알아. 카노의 지도가 있었기 때문에 이만큼 성장했어. 고마워."

"아무튼 합숙하길 잘했네. 하나의 밴드라는 느낌도 생겼고, 다행이야."

다 함께 합숙 결과를 실감하는 가운데 요루카는 침묵을 지켰다.

"요루카는 어때?"

"키스미에게 다시 반할 것 같아."

"고마워."

"진심이야."

"알아."

요루카의 미소에 나까지 기뻐졌다.

내 성장을 제대로 실감했다는 점도 포함해 나는 전에 없이 들뜬 기분이었다.

"그럼 오늘 연습은 여기까지! 합숙 수고하셨습니다!"

""""""수고하셨습니다!!!!""""""

카노의 마무리 멘트에 우리 네 사람이 입을 모았다.

스튜디오를 정리한 후 집에 돌아갈 준비를 하고 있을 때 스마트폰에 전화가 왔다.

액정에 표시된 이름은 하세쿠라 아사키였다.

나는 1층으로 올라가 전화를 받았다.

"여보세요, 아사키? 무슨 일이야?"

『…………, 키스미?』

아사키의 목소리에 기운이 없다.

"왜 그래? 무슨 일 있었어?"

『합숙 중에 미안해.』

"아니, 마침 끝나고 돌아가려던 중이었어."

『그랬구나. 아, 어젯밤 방송도 봤어.』

"고마워. 마지막엔 카노가 아주 난리였지만."

『무척 좋더라. 문화제가 기대돼.』

표면적인 대화를 나눌 뿐, 아사키는 일부러 전화한 이유를 말하지 않았다.

이대로 무난한 대화만 해도 괜찮은 걸까.

"저기, 아사키. 도움이 필요해?"

큰맘 먹고 내가 먼저 말을 꺼냈다.

긴 침묵이 흘렀다.

이윽고 흐느끼는 소리가 들리자 내 걱정은 단숨에 커졌다.

『어떻게 해야 할지 모르겠어.』

"어머니의 재혼 이야기?"

『응. 순수하게, 축하, 해주고, 싶은데, 말이, 안 나와서…….』

한 마디도 놓치지 않으려고 귀를 기울이고 있을 때 아사키의 전화에서 자동차가 지나가는 듯한 소리가 들렸다.

"아사키, 밖이야?"

『재혼할 사람과 셋이서 식사하러 왔어. 하지만 무슨 표정을 지어야 할지 몰라서. 손 씻으러 간다고 하고 나와버렸어.』

"돌아갈 수 있을 것 같아?"

『몰라. 춥고, 계속 밖에 있을 수도 없다는 건 알지만.』

밖에서 울고 있다니 심상치 않은 일이고, 이상한 놈들이 눈독을 들이면 위험하다.

"힘들면 집에 돌아가는 게 낫다고 봐."

『가방, 가게에 있어.』

그 초췌한 듯한 목소리에 불길한 상상만이 떠올랐다.

"……아사키. 지금 어디야?"

더는 내버려 둘 수 없었다.

『와 줄 거야? 키스미는 친절──.』

이런 때에도 아사키는 평소처럼 모범생의 행동을 보이려 한다. 그렇게 반사적으로 일정한 거리를 유지하며 선을 긋는다.

"가야지. 일부러 나에게 전화를 걸었다는 건 그런 거잖아?"

그렇다면 나도 평소처럼 행동하자.

친구가 곤경에 처했다면 도와주는 게 당연하다. 여기서 무시하면 세나 키스미가 아니다. 설령 헛걸음이 된다고 해도 문제가 생기는 것보다는 훨씬 낫다.

전화 너머에서 숨을 삼키는 기척이 느껴졌다.

『⋯⋯⋯키스미, 도와줘.』

"알았어, 파트너."

아사키가 지금 어디 있는지 물어보자 여기서 전철로 몇 정거장 거리였다.

전화를 끊고 짐을 가지러 돌아가려던 나는 굳어버렸다.

그곳에 요루카가 내 배낭을 안고 서 있었다.

"하세쿠라를 만나러 가는 거야?"

"아사키가 곤경에 처했어."

"——내가 가지 말라고 해도?"

"힘들어하는 친구를 내버려 둘 수 없어."

"다른 여자를 당당히 만나러 가는 걸 기꺼이 보내주는 연인이 있다고 봐?"

"나는 누구든 곤경에 처하면 도와주러 갈 거야."

"키스미가 오지랖이 넓은 사람이라는 건 알아. 하지만 그 다정함은 지금의 하세쿠라에겐 잔인해. 분명 또 착각할 걸. 더 좋아하게 될 거야."

"내가 좋아하는 건 무슨 일이 있어도 요루카 뿐이야!"

"그것도 알아."

아, 나는 또 요루카를 울리는 짓을 해버렸다.

여름방학 때 세나회에서 놀러 갔던 여행. 이른 아침, 단 둘이 바닷가로 나왔을 때 요루카는 울면서 '강해지고 싶어'라고 했다.

그 때문에 카노의 권유를 받아들여 링크스에 가입했고, 문화제 반 대표에 입후보하기도 했다.

하지만 애초에 내가 요루카를 불안하게 만들지 않는다면 그녀는 강해질 필요가 없지 않을까?

그런 의문이 머리를 스쳤다.

두 사람만의 폐쇄적인 세계에 틀어박혀서, 그곳에서 만족하는 것만으로도 충분했는데.

"그러니까, 믿으니까 다녀와."

"어?"

"두 번은 말 안 해."

휙 고개를 돌린 요루카가 참고 있다는 것도 나는 알 수 있었다.

"고마워."

"시끄러워. 또 꼬여버려도 나는 몰라."

요루카는 가져온 내 배낭을 떠넘겼다.

"정말 미안해."

"사실은 내가 키스미를 휘두르는 게 아니라 키스미가 날 휘두르는 것 같은 느낌이야."

"연애란 참 골치 아프지."

"정말 왜 행복과 고통은 세트인 걸까."

"빛이 있는 곳엔 그림자가 지기 마련이라서?"

"나에게 이 이상 실수하면 용서하지 않을 거니까."

나는 기타를 하나비시에게 맡기고 혼자 먼저 카노의 집을 나섰다.


전철을 타고 아사키가 있는 역에 도착했다.

스마트폰의 지도 앱으로 아사키가 식사하고 있었다는 레스토랑까지 가는 길을 검색했다. 역에서 조금 거리가 있었다. 지도를 보며 어둑한 길을 빠르게 걸었다.

그러자 진행 방향에서 아사키가 이쪽을 향해 걸어왔다.

그 옆에는 남성이 있었다.

내가 말을 걸기 위해 달려가려고 한 그때, 남성이 갑자기 아사키를 껴안았다.

멀리서 봐도 그 남성은 상당히 체격이 컸다. 가로로도 세로로도 커서 격투기를 하는 듯한 분위기였다. 저런 체격으로 덮친다면 아사키가 저항할 수 있을 리가 없다.

"아사키에게서 떨어져!"

"키스미?!"

"어?? 아닙니다, 저는!"

내 난입에 남성은 동요한 목소리로 외쳤지만 아사키에게서 떨어지려는 기색은 전혀 없었다.

가까이 가서 보자 위험한 분위기의 남성이었다. 머리카락이 길고 턱에는 부스스하게 기른 수염. 눈 밑이 검고 날카로운 안광에 핏발이 서 있다. 거칠어 보이는 피부는 혈색도 나쁜 데다 셔츠도 구겨져 있다.

"아저씨가 여고생을 끌어안아 놓고 무슨 변명이야!"

남성과 나 사이에는 체격 차가 너무 크다. 힘으로 아사키를 떼어놓는 건 어려울 것이다.

나는 바로 각오했다.

당황하는 남성을 향해 달려가는 기세를 그대로 실어 몸통박치기를 날렸다.

"그러니까, 현기증이 나서 쓰러질 뻔한 걸 아사키가 순간적으로 어깨를 빌려줬을 뿐이라고?"

"응……."

아사키는 민망해하는 얼굴로 고개를 끄덕였다.

놀랍게도 내가 몸통박치기를 날린 그 남성이 바로 아사키의 예비 새아버지였다.

"성급했습니다, 정말로 죄송합니다!"

나는 길바닥에서 넙죽 절이라도 할 기세로 허리를 깊이 숙여 사과했다.

아무리 어둑한 길이었다고 해도 선입견으로 착각하다니 너무 부끄럽다. 더 냉정하게 상황을 판단해야 했다. 완전히 헛짓거리다. 지금 당장 이 자리에서 사라지고 싶다.

"저야말로 사과해야죠. 딸 때문에 폐를 끼쳐서 죄송합니다."

안절부절못하는 얼굴로 머리를 숙이는 사람은 아사키의 어머니였다. 내가 몸통박치기를 날린 직후에 레스토랑에서 나와서 목격한 이 사태에 매우 놀랐다.

"세나가 다치지 않아서 다행이야. 문화제에서 기타를 연주한다며? 손을 다치기라도 했다면 큰일이었는데."

"어? 저를 아세요?"

"아사키에게 세나의 이야기를 자주 들었거든."

"엄마! 그런 이야기는 친구 앞에서 하지 마!"

아사키는 허둥지둥 이야기를 가로막으려 했다.

"애초에 네가 오해할 만한 전화를 했기 때문이잖니! 좀 반성해!"

굉장하다. 그 아사키가 어머니의 일갈에 얌전해졌다.

아사키가 학교에서 보여주는, 적확한 지시를 척척 날리는 느낌은 어머니에게 물려받은 거구나.

"어라? 아사키의 남자친구인 거 아니었어? 둘이 잘 어울리는데."

사정을 모르는 예비 새아버지. 신경을 쓴다고 한 게 역효과가 나왔다.

하세쿠라 모녀는 얼굴을 찌푸렸고 나는 고개를 홱 돌렸다.

"미안해. 이 사람은 의사로서는 뛰어나지만 이런 부분에는 둔하거든."

아사키의 어머니는 옹호하면서도 예비 새아버지를 팔꿈치로 찔렀다.

"뭐, 애초에 내가 휘청거린 게 원인이니까. 아사키를 위해 몸을 날려서 뛰어든 세나의 용기가 대단한 거지. 나는 이렇게 덩치가 크다 보니 환자들도 무서워하거든."

아사키의 아버지가 될 예정인 의사 선생님이 큼직한 입을 벌리며 웃었다.

커다란 몸에서는 확실히 위압감이 느껴지지만, 대화해

보니 붙임성도 좋고 친절한 사람이었다.

나를 배려하는 자세나 태도에서 인간성이 엿보였다.

"안심해. 이 선생님이 곰처럼 생겼지만 사람은 좋아. 젊을 때부터 열심히 일하면서 늘 무리만 하거든. 오늘도 야근이 끝나자마자 급한 환자가 연달아 오는 바람에 결국 한숨도 못 자고 왔다니까. 무리하지 말고 미루면 이런 일은 일어나지 않았을 텐데. 나 참."

"나에게도 오늘은 계속 기대하던 날이니까. 다만 환자의 목숨과는 바꿀 수 없었지."

"우선 두 분께서 무척 사이가 좋다는 건 잘 느껴지네요."

내 솔직한 감상에 어른들이 묘하게 쑥스러워했다.

객관적으로 봐서 아사키의 어머니와 이 의사 선생님 커플은 잘 어울렸다.

아사키의 태도를 봐도 예비 새아버지를 싫어하는 듯한 느낌도 아니다.

"하아, 친엄마의 연애라니 못 봐주겠어. 키스미, 역까지 바래다줄게."

이 자리에 있는 게 힘들다는 듯 아사키가 한숨을 쉬었다.

"그럼 저는 이만 가보겠습니다. 실례했습니다."

이 화기애애한 분위기 속에서는 아사키도 본심을 털어놓지 못할 것이다.

가을의 밤바람에선 살금살금 다가오는 겨울의 기척이 느껴진다.

우리는 역으로 향하며 중간에 있던 편의점에 들렀다.

"이거 마셔. 정말 미안해. 모처럼 와 줬는데."

아사키는 뜨거운 콘수프캔을 건네주었다.

"잘 먹겠습니다."

편의점 주차장에 나란히 섰다. 올해 처음으로 개시한 따뜻한 콘수프를 호로록 마셨다. 역시 추운 계절에 마시는 수프는 각별하게 맛있다.

"모처럼의 식사 자리를 방해한 것 같아서 미안해."

"애초에 내가 키스미에게 전화한 게 원인이잖아. 심지어 쓸데없는 걱정을 끼친 것 같고."

둘만 있게 되자 아사키의 목소리는 다시 가라앉았다.

"그렇게 기운 없는 목소리로 전화하면 걱정도 들지."

"왜 전화해버린 걸까."

"하지만 타이밍이 좋았어. 연주 중이었다면 나도 전화를 못 받았을 테니까."

"나 저주라도 받았나? 하는 일이 죄다 반대 결과로 나와."

아사키는 충동적으로 나에게 전화한 것을 무척 후회하는 모양이었다.

"……그 의사 선생님, 좋은 사람 같던데."

전화로는 이야기하지 못했던 일도 지금이라면 토해낼 수 있지 않을까.

"응, 아주 좋은 사람이지. 그래서 반대할 구석이 없으니까 곤란한 거야."

"곤란하다고?"

"왠지 엄마를 뺏기는 기분이라."

"아사키가 외톨이가 되는 건 아니야."

"나도 이렇게까지 마마걸인 줄 몰라서 놀랐어. 이미 고등학생인데."

엄마와 딸, 둘이서 서로를 의지하며 살아왔다.

그 애착은 평범한 모녀보다 훨씬 강한 건지도 모른다.

"언젠가 아사키도 부모님에게서 독립하는 날이 와. 언제까지고 둘이서만 같이 사는 게 아니야. 좋은 의미로도, 나쁜 의미로도."

"어린애 같아서 미안하게 됐네."

아사키가 토라졌다.

"가족이니까, 말 잘 듣는 딸이 아니라 자식으로서 어머니에게 속마음을 전하는 건 어때?"

"하지만 내 이기심인걸."

"그럼 재혼하고 싶다는 것도 어머니의 이기심이야?"

나는 일부러 심술궂게 물었다.

"그건…… 아니지만."

"어머니도 딸인 아사키의 고민이나 불안을 이기심이라고 느끼지 않을 거야. 제대로 속마음을 듣고, 이해하고, 그 후에 축하받고 싶지 않을까?"

"응. 둘 다 내가 허락하지 않는다면 호적은 합치지 않는다면서 기다려주고 있어."

소중하기 때문에 사양하는 경우도 있다.

감정적인 이유로 싫은 거라면 거리를 두면 된다.

하지만 타인과 연을 끊는 건 쉬워도 가족의 연을 끊는 건 어렵다.

특히 아이에게는 생활 문제로도 정신적으로도 온갖 의미에서 부모와는 거리를 두기 어려운 법이다.

그래도 가족의 모습은 언젠가 변해간다.

"아사키의 의견을 존중해준다는 건 그만큼 아사키를 아낀다는 거야."

일요일 밤이라서 그런가 자동차는 거의 지나가지 않고 오가는 사람도 적다. 주변은 정말로 조용하고, 가게 안에서 나오는 인공불빛이 어둠을 비추고 있다.

나는 입을 다물고 아사키의 말을 기다렸다.

늦은 밤 편의점 앞에서 고등학생 두 명이 진지하게 인생을 논한다.

어린 우리는 경험이 부족하고, 아직도 처음 겪는 일이 가득하다.

분명 이 자리에서 낸 대답이 옳은지 아닌지도 모른다.

기쁜 만남도 슬픈 이별도 앞으로 많이 기다리고 있다.

그 하나하나를 자신 나름대로 느끼고, 웃고, 고민하고, 망설이고, 초조해하고, 울고, 상처받고, 멈추고, 생각하고,

배우고, 깨닫고, 정하고, 움직이고 나아간 것이 축적된다.

그렇게 우리는 어느새 미래에 있을 것이다.

"엄마가 재혼 이야기를 했을 때, '대학도 무리해서 추천 입학으로 갈 수 있는 곳만이 아니라 네가 가고 싶은 곳을 지원해도 괜찮아'라고 했어."

아사키가 입을 열었다.

"추천 입학을 노리고 학급 임원이 되었다고 했었지."

"사실은 기뻐할 일일 테지만 혼란스럽더라. 갑자기 내던 져놓고 자유라고 해도, 내가 진심으로 뭘 하고 싶은 건지 모르니까."

"자기가 하고 싶은 일이 뭔지 아는 고등학생은 한 줌밖에 없어."

"응. 지금까지는 모범생으로 지내면서 가계에 부담이 되지 않도록 하면 되니까 해야 할 일이 단순했지. 좋은 성적을 받고, 좋은 대학에 가서, 좋은 직장에 취직하고. 엄마를 편하게 해주고 싶었어."

"효녀잖아. 존경스러워."

"엄마는 그런 내가 무리하는 것처럼 보였나 봐. 아빠가 일찍 돌아가시고, 딸인 나에게 참게 했던 게 아닌가 하고."

"실제로는 어떤데?"

"어릴 적엔 외로울 때도 있었지만 엄마랑 둘이 살면서 계속 즐거웠어."

"사이가 좋으니까 오히려 서로 과하게 배려하는 거 아냐?"

엄마와 딸, 둘이서 서로를 의지하며 살아왔다.

그게 갑자기 변하는 바람에 아사키의 정신이 아직 새로운 균형에 익숙해지지 않은 모양이다.

"결국 엄마를 맡길 수 있는 상대가 나타나서, 나는 내 그릇이 얼마나 작은지 통감하는 중이야."

아사키는 자신의 고민을 토로했다.

"역시 모범생이야. 건전하네."

"키스미에겐 듣고 싶지 않아."

"나는 노력하지 않으면 다른 사람들을 따라갈 수 없다는 자각이 있으니까 열심히 하는 것뿐이야. 하지 않아도 된다면 기본적으로 땡땡이치고 싶은 게으름뱅이지."

"거짓말. 나는 그런 사람에게 반하지 않아. 가장 힘들 때 이렇게 와 줬는걸."

"조금은 마음이 편해졌어?"

"응. 돌아가면 두 사람에게 결혼 축하한다고 말할래. 내 사정으로 기다리게 하는 것도 꼴불견이고."

내가 할 수 있는 건 고민하는 아사키를 격려하는 것뿐이다.

무책임하게 응원하지만, 그래도 무의미하지는 않다. 아사키의 표정이 그걸 가르쳐주었다.

"그렇게 말할 수 있는 아사키는 최고로 멋있어."

"아직 고등학교 2학년인걸. 우선 지금 상태를 유지하면서 하고 싶은 일을 찾아야지! 음, 그렇게 정했어."

신기하게도 한번 결심한 것을 말로 꺼내놓으면 갑자기

마음이 가벼워지기도 한다.

그걸 증명하듯 아사키는 여느 때의 모습으로 돌아왔다.

"──그건 그렇고 여름방학에 여행 갔을 때, 같이 목욕했었잖아."

느닷없이 화제가 바뀌자 동요한 나는 캔을 떨어트릴 뻔했다.

"?! 그건 사고였어!! 게다가 아사키는 수영복 입었잖아. 나를 놀리려고 한 거 아니야?"

세나회에서 칸자키 선생님의 별장을 숙소로 빌려 밤늦게까지 떠들며 놀았다. 이른 아침에 눈을 뜬 내가 목욕하러 들어가 꾸벅꾸벅 졸고 있었더니 어느새 아사키가 옆에 있었다.

"그거 고의야. 나는 키스미를 유혹하러 갔었어."

아사키는 단호하게 고백했다.

"나에게는 그냥 사고였는데."

"뭐. 용기를 내 보긴 했지만 욕조에서 뻗어버리다니 나도 참 엉성하지."

"아사키……."

"만약 아리사카보다 먼저 선을 넘을 수 있다면 키스미의 일편단심도 조금은 흔들리려나 했지."

"지나쳤어. 여러 의미로 위험했다고."

"위험했구나."

"그야 두근거렸으니까."

"응. 나도 굉장히 두근거렸어. ……하지만 엄마에게 재혼 이야기를 듣자마자 나는 연애에 에너지를 할애할 여유가 완전히 사라졌더라고."

"연애의 우선순위가 낮은 타입이랬던가."

고백했을 때, 그녀는 스스로 그렇게 말했다.

그리고 그 순위가 바뀔 정도로 세나 키스미를 좋아한다고도 했다.

"정말 냉정한 나 자신이 싫다니까. 이렇게 특별한 감정을 아직 느끼고 있는데도 그럴 때가 아니라며 뒷순위로 밀어버리다니."

"가족이라는 자신의 토대가 바뀌려는 거잖아. 당연하지."

"연애로 도망칠 수 있는 사람이 부러워."

"그만큼 아사키는 어른인 거야."

"진짜 어른이 되면 내 감정을 적절히 제어할 수 있게 될까……."

"분명 그게 훨씬 편하긴 하겠지."

사랑도 청춘도 인생도 고등학생에게는 짐이 너무 무겁다.

인생을 좌우할지도 모르는 결단을 그리 쉽게 내릴 수 있을 리가.

하지만 계절은 흘러가고, 우리의 성장을 기다려주지 않는다.

유치한 확신과 비현실적인 희망에 휘둘리면서 우리는 어른이 되어간다.

"하아, 대화에 집중하느라 거의 못 마셨네. 콘수프 완전히 식었어."

아사키는 한 모금 마시고는 아쉬워했다.

나도 콘수프를 끝까지 비웠다.

"아사키의 집은 이 근처였던가? 바래다줄게."

"혼자서도 괜찮아. 오늘은 와 줘서 고마워."

"어머니에게 제대로 축하한다고 말씀드려."

"알았다고. 그럼."

빠르게 걸어가는 아사키를 마지막으로 한 번만 불러세웠다.

"잠깐만, 아사키."

두 사람의 거리는 5m 정도 벌어져 있다.

목에 힘을 주지 않으면 상대방에게 들리지 않는다.

"……왜?"

돌아본 그녀는 내가 할 말을 알고 있다는 듯한 얼굴이었다.

"──, 아사키. 좋아해줘서 고마워! 정말로 아주 기뻤어!"

"그럼 받아들이라고. 나와 사귄다면 지금이 기회야. 조만간 마음이 바뀌어서 식어버릴지도!"

"내가 좋아하는 사람은 다른 여자애야! 그러니까 미안해! 네 마음은 받아들일 수 없어!"

말했다.

이게 나 나름의 정리다.

여름방학 여행, 그때 욕실에서 말하지 못한 답을 돌려주

었다.

애매모호한 관계도, 연장을 허용하는 어중간한 다정함도 이제 서로 무의미하다는 걸 깨달아버렸다. 여기서 선을 긋는 게 우리에게는 최선의 결말이다.

지금이라면, 끝내는 이유를 **떠넘길 수 있으니까.**

이 이상 나중으로 미룬다면 분명 상처가 더 깊어질 것이다.

"70점!"

아사키가 난데없이 소리쳤다.

"무슨 점수인데?"

"차는 방법!"

"감점 이유는?"

"좋아하는 사람의 이름을 일부러 숨기는 배려가 짜증 나! 게다가, 게다가……."

"말해!"

"최고의 타이밍으로 나를 도와줘 놓고 마지막에 차버리다니, 보는 눈이 끔찍하게 없어서 정이 다 떨어졌어! 계속 자기에게 마음이 있을 거라고 생각했다면 크나큰 착각이야!"

아사키는 울지 않았다.

"키스미, 절대 후회 안 할 거지?"

나도 고개를 크게 끄덕였다.

"그렇다면 아무쪼록, 앞으로는 그냥 파트너로서 잘 부탁해!"

하세쿠라 아사키는 역시 멋진 여자다.

그래도 나에게는 더 좋아하는 사람이 있다.

문화제까지 앞으로 일주일이 남자 교내의 분위기는 설렘으로 들뜨기보다는 살벌해졌다.

스태프용으로 화려한 색의 핫피(일본의 전통 의상 중 하나. 겉옷의 일종으로, 축제 유니폼으로 많이 입는다)를 입은 문화제 실행위원회가 교내 여기저기에 흩어져 있다. 그들은 각 반과 부활동과 그룹의 진척도를 파악하고 지도하느라 몹시 바쁘다.

기합을 넣어 만든 간판이라고 해도 쓰러질 위험이 있다면 가차 없이 철거하거나 안전대책을 추가하라고 지시.

신청서와 명백히 다른 내용을 준비하는 수상한 그룹이 있다면 사정 청취 후 다시금 참가 여부를 판단한다.

그런 와중에 나는 하나비시의 허락을 받아 무대 운영 진행 매뉴얼 수정을 간신히 마쳤다.

그걸 메인 무대 담당 스태프에게 뿌린 뒤, 당일의 기본적인 움직임을 머릿속에 쑤셔 넣게 했다.

그 후 며칠에 걸쳐 방과 후에 문화제 둘째 날의 무대 프로그램 리허설을 치렀다. 그룹마다 필요한 도구 사용부터 무대 위의 동선, 더불어 다음 팀과의 교대까지 실제로 해 보고 문제점을 찾아내 정밀도를 올렸다.

당일 백스테이지는 전장이다.

지휘계통의 확인, 동선, 유도 안내 방식, 출연자와 스태프의 포지션 파악, 무대전환에 들어가는 보조 등 알아놔야 하는 포인트를 하나씩 확인했다.

문화제 당일, 우리 메인 무대 담당팀은 체육관에 상주하며 전체의 진행관리를 담당한다.

나는 작년에도 경험했지만 새삼 힘든 일임을 실감했다.

할 수 있는 대비는 다 했다. 남은 건 갑작스러운 문제가 일어나지 않길 기도할 뿐이다.

그렇게 문화제 전날인 금요일을 맞았다.

오늘은 수업을 모두 빼고 준비일로 배정되었다.

미야치가 디자인한 반티도 멋지게 완성된 덕분에 사기는 상당히 높다.

아침 홈룸을 마친 뒤 책상을 움직여 우선 테이블을 만들었다. 교실 내부에 장식을 달고 접객 공간과 요리 공간을 나누는 파티션을 세웠다.

나나무라가 남자들을 이끌어 중화풍의 분위기가 나는 인테리어를 그럴싸하게 만들어냈다.

각종 도구와 재료 발주는 요루카 덕분에 깔끔하게 완료.

이 요리도구를 착착 교실에 들여놨다.

남자들이 힘 쓰는 일을 하는 사이에 옷을 갈아입은 여자들이 교실로 돌아왔다.

"어때? 봐봐. 어레인지해봤어!"

미야치가 입은 건 평범한 차이나드레스가 아니라 방울

과 매듭장식을 추가하고 기장을 조절하는 등 자기식으로 개조한 오리지널 의상이다. 그 아래에는 긴소매 원피스를 받쳐 입었고, 모자를 쓰는 등 미야치의 센스가 빛났다.

두 팔을 앞으로 내밀고 폴짝폴짝 뛰는 미야치는 대단히 귀여웠다.

"좋은데, 미야우치! 독창적이야."

"응. 미야치, 아주 잘 어울려."

나나무라도 나도 흥분하며 감상을 늘어놓았다.

힘든 운반작업에 동원된 남자들도 드레스업을 마친 여자들의 화사한 의상에 무심코 손을 멈추고 쳐다봤다.

"거기, 넋 놓고 손 멈추지 마. 빨리 준비를 마치지 않으면 내일 고생한다고."

그렇게 일갈하는 아사키도 쨍한 파란색의 차이나드레스를 입었다.

치마 부분에 깊게 슬릿이 들어간 The 정석이란 느낌의 심플한 디자인은 그 옷을 입은 여자아이를 세 배 더 매력적으로 보여준다.

시원스러우면서도 차분한 자세는 고상하기까지 했다.

역시 차이나드레스로 가길 잘했다며 나와 나나무라는 눈과 눈으로 대화했다.

"응, 의상을 통일하지 않길 잘했어. 직접 준비해 오는 사람도 있으니 무척 화려하고 즐거운 분위기가 나와. 축제라는 느낌."

그렇게 총평을 내린 요루카야말로 누구보다도 공들인 장식이 들어간 호화로운 붉은색 차이나드레스를 입었다.

명백하게 급이 다른 본격적인 의상으로, 요루카라는 미소녀가 입자 압도적인 존재감을 보였다. 가슴께가 뚫려있고 기장도 짧지만 우아한 인상을 주는 건, 역시 입은 본인의 매력 덕분이겠지. 긴 머리카락도 양 갈래로 나눠서 경단 머리로 올리자 아주 완벽했다.

평소와는 다른 연인의 복장을 볼 수 있다는 것만으로도 가슴이 설레면서도, 한편으로 아무에게도 보여주고 싶지 않다는 독점욕이 끓었다.

여자들은 옷을 갈아입은 것만으로도 신이 나서 접객 오퍼레이션 확인을 제쳐놓고 곳곳에서 기념사진을 찍고 있다.

"끝이 안 날 것 같은데, 먼저 우리 반 단체 사진을 찍을까?"

아사키의 제안에 우리는 칠판 앞에 모였다.

확실히 내일은 개점 준비로 아침부터 바쁠 테니까 모두 모여서 사진을 찍는다면 지금이 딱이다.

"그럼 제가 찍겠습니다."

칸자키 선생님이 사진사로 나섰다.

"차이나드레스가 아니라고 그렇게 빼지 마세요. 같이 찍어야죠. 아니면 갈아입고 오실래요? 미야치, 차이나드레스 남는 거 있어?"

"있긴 한데, 칸자키 선생님의 글래머가 들어갈까?"

내가 농담을 던지자 미야치가 편승했다.

다른 남학생도 칸자키 선생님의 차이나드레스를 보고 싶을 것이다.

　"안 입습니다! 정말이지, 문화제라고 너무 들떴잖아요."

　지나가던 친구에게 사진사를 부탁한 뒤 2학년 A반 전원이 모여서 찰칵.

　멋진 기념이 되었다.

　"요루카, 좀 확인하고 싶은 게 있는데 괜찮을까?"

　나는 여자들의 촬영 지옥에 휘말리기 전에 까딱까딱 손짓하여 교실 구석으로 요루카를 불러냈다.

　"키스미, 뭔데?"

　"아니, 사실은 별거 없어. 사진 찍히는 건 불편할 테니까."

　나는 다른 학생들에겐 들리지 않도록 귓속말했다.

　요루카는 눈을 살짝 크게 떴다가 이내 표정을 누그러뜨렸다.

　"눈치채줘서 고마워."

　"……그나저나 생각했던 것보다 노출이 많네. 역시 아리아 씨가 고른 옷다워."

　나는 가까이서 새삼 관찰했다. 슬릿 사이로 보이는 각선미는 아무리 봐도 안 질린다. 이대로 혼자 감상회를 열고 싶을 정도다.

　"너무 빤히 보지 마. 부끄러우니까."

　요루카는 두 손으로 섹시한 가슴께와 허벅지를 가리려고 했다.

"그런 것치곤 아까는 당당했잖아."

영락없이 다른 애들 앞에 나오는 것도 주저할 줄 알았다.

"집에서 오랜만에 입어봤을 때 언니가 실컷 사진 찍어서 익숙해졌어. 포즈도 이것저것 주문하더라고."

"좋은 정보를 들었는데. 나중에 아리아 씨에게 사진 보내달라고 해야지."

"안 돼! 안 되거든! 사진 유출은 용서 못 해!"

"골든 위크 때 수영복 사진도 받았는데."

"그건 완전히 도촬이고!"

"이번엔 옷을 입었으니 오히려 괜찮은 거 아니야?"

"언니는 몰아가는 걸 잘한다고. 그래서, 그……."

요루카는 유독 말을 머뭇거렸다.

"그렇게 굉장한 섹시 사진을 찍은 거야? 더욱 궁금한데."

머릿속에 그렇고 그런 망상이 펼쳐져서 침을 꼴깍 삼켰다.

"본인이 눈앞에 있으니까 됐잖아! 키스미 엉큼해!"

"감수하겠습니다. 그것이 남자인 법."

"이전보다 훨씬 뻔뻔하게 나오네."

요루카가 흘겨봐도 이제는 움츠러들지 않는다.

"……그야 합숙 날 밤이 더 굉장했으니까."

내가 작게 중얼거리자 요루카는 '그, 그, 그건' 하고 소리 없는 신음을 흘리며 비틀거렸다.

"요루카, 괜찮아?"

반사적으로 요루카의 가녀린 팔을 잡았다. 아주 뜨겁다.

무엇보다 얼굴이 새빨개져서 이쪽을 보려 하지 않았다.

　"요루카?"

　"그야, 계속 연습만 해서 데이트도 못 했으니까…… 그날 밤은 생방송도 잘 끝나서, 엄청 흥분해서, 그, 나도 평소 상태가 아니었어!"

　"나는 여왕님의 명령에 두근거렸는데."

　도발하듯 뉘앙스를 흘렸다.

　나도 참, 교실에서 무슨 이야기를 하는 건지.

　누군가가 들으면 터무니없는 오해를 부를 법한 대화다.

　하지만 나에게 그날 밤의 요루카는 그 정도로 선명하고 잊을 수 없었다.

　"──잊으라고는, 안 할게."

　요루카는 고개를 돌리지 않고 내 눈을 바라보았다. 얼굴은 새빨갛다.

　"처음부터 키스미는 그런 것에 관심이 있다고 말했고, 그건 이해해."

　"어, 응……."

　전에 요루카에게 야한 것에 관심이 있냐는 질문을 받았는데, 아무리 그래도 내 대답은 너무나 망설임이 없었다. '너무 솔직해!'라는 요루카의 반응도 아주 즉각적이었다.

　──하지만 그런 법이다.

　단순한 호감만으로 만족할 수 있을 만큼 어리지 않다.

　좋아하는 사람을 더 깊이 알고 싶은 건 지극히 당연하다.

합숙 날 밤, 거실에서 단둘이 만난 우리는 카노에게 들킬지도 모른다는 긴장에서 해방되어 정신을 차리고 말았다. 짐승처럼 열렬하게 입술을 맞댔던 게 거짓말처럼, 서로 부끄러워하며 도망치듯 방으로 돌아와 버렸다.

달아오른 몸이 가라앉지 않아 결국 아침이 다 되어서 잠들었다.

"키스 다음이 있다는 것도 알아. 딱히 억지로 참게 만들고 싶은 건 아니야. 키스미와 스킨십하는 건 좋아해. 좋아하니까, 그, 아주 신중해야 한다고 생각해."

"그래. 우리 둘에게 특별한 거니까."

"응. 그런 거야."

나는 대답 대신 살며시 요루카의 손을 잡았다.

손가락 하나하나를 확인하듯 만지며 천천히 움켜쥔다.

말은 필요 없다. 우리의 관계는 깊어졌다.

예를 들어, 손을 잡기만 해도 상대방의 마음이 전해질 정도로는.

"뭔가 불순한 대화 하는 거 아니야?"

어느새 아사키가 소리 없이 다가와 있었다.

"잠깐, 멋대로 훔쳐 듣지 마!"

"와, 진짜 그런 내용이었구나. 두 사람의 분위기가 핑크빛이길래 대충 찍은 건데. 아침부터 열렬하네."

아사키의 눈이 히죽거렸다.

"뭐 용건이라도 있어?"

요루카는 아사키의 등장에 노골적으로 긴장했다.

"……, 그렇게 경계하지 마. 안심해. 나 키스미에게 확실하게 차였으니까."

"뭐? 언제?"

요루카의 커다란 눈이 한층 커졌다.

"합숙 끝나고 키스미가 와 줬을 때."

"도와주러 간 거 아니었어……?"

"그래, 아주 남의 마음을 실컷 휘저어놓고 끝냈지 뭐야."

이쪽을 보는 요루카의 눈이 대체 뭘 한 거냐고 묻고 있었다.

"선을 그은 거야."

나는 딱딱한 목소리로 대답했다.

"아리사카도 조심해. 키스미의 성실함은 끝낼 때도 가차없거든."

"잠깐! 너무 갑작스러워서 아직 못 따라가겠어. 왜 모르는 사이에 결말이 난 거야?"

요루카 양, 머리를 부여잡고 대혼란 상태.

"그야 내 일방적인 짝사랑이었으니까? 그러니 여행 갔을 때 했던 선언은 취소할게."

아사키는 허세를 부리는 기세도 없이 자연스럽게 말했다.

"어, 어어. 무슨 반응을 보여야, 하는 거지?"

요루카는 감정을 어떻게 처리해야 하는지 감을 잡지 못하고 혼란스러워했다.

"두 사람은 지금까지처럼 변하지 않고 있으면 되잖아?"

"하, 하세쿠라는 그래도 괜찮아?"

패닉에 빠진 요루카는 하필이면 그걸 아사키 본인에게 물어봤다.

악마다.

"상처를 소금으로 지지고 싶은 거야? 아리사카도 상당히 악독하네."

아사키도 눈썹을 찡그렸다.

"아니야! 네가 진심이라는 건 나 나름대로 알고 있었어. 그러니까 경계한 거고."

"으음. 키스미와는 처음부터 궁합이 너무 좋아서 착각한 거였어. 그 연장선에서 연애 상대로도 보기 쉬웠으니, 사귀면 어떨지 상상하기도 쉬웠던 것 같아. 결국 내가 원하는 건 설렘보다 안심이었나 봐. 그래서 약탈처럼 정신적으로 피곤한 짓은 못 해먹겠더라. 게다가 타이밍도 나빴지. 여러모로."

아사키는 조금 슬퍼 보이는 얼굴이 되었다.

"어때? 이해했어?"

"응, 일단은."

요루카도 고개를 끄덕였다.

제대로 설득력 있는 말로 표현할 수 있다는 점이 하세쿠라 아사키의 강인함이다.

그 말이 어디까지 진심에 기반한 건지에 대해서는, 선을 긋기로 한 나는 이젠 절대로 생각해선 안 되는 영역이다.

"뭐, 날 선택하지 않았던 걸 언젠가 성대하게 후회하면 좋겠네."

입술에는 미소를, 말에는 가시를, 시선에는 독을.

이 화제를 끝내려는 듯 아사키는 나를 향해 그런 의미심장한 표정을 지었다.

"내가 옆에 있는 한 그런 미래는 없어!"

연인인 요루카는 그 가능성을 정면으로 부정했다.

"그러니까 두 사람은 계속 잘 지내라고. 헤어지면 용서하지 않을 거야."

아사키는 평소와 같은 태도로 놀리듯이 도발했다.

"세나! 차이나드레스 미인 둘을 거느리고 뭐 하는 거야! 일하라고, 일!"

접사다리에 올라가 중화풍 제등의 위치를 수정하던 나나무라가 큰 소리로 외쳤다.

"저기요, 나나무라 씨. 나는 교실 구석에서 둘만의 세계를 만들던 커플에게 잔소리한 것뿐이니까 무죄입니다."

아사키는 밝은 목소리로 나나무라에게 고자질했다.

"뭣이라? 얘들아, 세나를 잡아! 요즘 저 녀석은 너무 인기가 많아!"

나나무라에게 동조한 남자 녀석들이 이쪽으로 달려들더니, 난데없이 나를 가마처럼 들어 올렸다.

"으억, 뭐, 뭐야?!"

내 몸을 들어 올린 남자들은 '세나 주제에 너무 부럽다고!'라며 질투와 원망을 터트렸다. 그대로 나나무라의 신호에 맞춰 어째서인지 헹가래 상태.

칸자키 선생님이 제지할 때까지 나는 여러 번 허공을 날았다.

천장에 부딪힐 뻔해서 진짜로 무서웠다.

문화제 효과, 무시무시해라.

◇ ◇ ◇

오후엔 체육관의 메인 무대에서 링크스의 최종 리허설에 임했다.

음향과 조명, 서는 위치 조절, 실전의 움직임 등을 재확인하고 한 곡만 연주하게 되었다.

리허설을 마친 그룹도 그대로 남아 우리의 연주를 들었다.

작년에 대호평이었던 카노 미메이의 밴드라서만이 아니라, 지난번 생방송 이후 그 반향이 상상 이상으로 커서 나에게도 '라이브 기대할게요'라고 응원을 건네는 일이 왕왕 있었다.

기합이 충분히 들어간 상태로 임한 리허설은 큰 실수도 없이 종료.

우리는 확실한 성취감을 느끼며 사이드로 퇴장했다.

"으음, 느낌이 좋아!"

미야치는 합숙 이후 그냥 잘하기만 하는 게 아니라 노래에 생동감이 더 늘어났다.

"응, 이거라면 어떻게든 될 것 같아!"

요루카도 관객이 있다는 환경에서도 내 등을 계속 바라봄으로써 긴장하지 않고 연주할 수 있게 되었다.

"처음에는 어떻게 될까 걱정이었는데, 기우로 끝날 것 같네."

하나비시는 학생회장으로서 문화제의 피날레를 그리면서 연주자로서도 파워풀한 리듬으로 드럼을 두드렸다.

"그럼 실전을 앞두고 포부를——세나키스!"

카노는 자신을 제어하며 우리를 지켜보듯 든든한 베이스를 깔았다.

"이런 건 리더가 하는 거 아니야?"

"나 인사는 잘 못 해. 게다가 이 밴드를 결성할 수 있었던 것도 밴드명의 유래도 전부 세나키스잖아. 한바탕 의욕이 치솟을 수 있는 인사 부탁해!"

리더의 명령이라면 거역할 수 없다.

우리는 둥글게 모였다.

나는 무슨 말을 할지 고민하며 멤버를 쭉 둘러보았다.

내 기타는 정확하고 완벽한 연주를 목표로 삼았지만, 아직 자잘한 실수가 끊이지 않는다. 그래도 예전보다는 다른 네 명의 소리를 제대로 들을 수 있게 되었다. 생방송을 거치며 배짱도 늘어났다.

나 혼자 완벽하기보다는, 설령 불완전해도 다섯 명이 맞췄을 때의 소리가 얼마나 멋있어지는가.

그것이야말로 카노가 말하는 케미스트리인 거겠지.

정확함을 더하는 게 아니라, 각자의 개성을 곱셈처럼 합쳐서 화학 변화를 일으키듯 완전히 다른 소리로 만들어 연주한다──그 편린을 잡은 것 같은 감각을 조금 전에도 느꼈다.

"알지? 어차피 기타 경력 석 달 정도의 초보가 있는 밴드야. 본 무대에선 실수도 하겠지. 그러니까 뻔뻔하게, 하고 싶은 대로 하는 거야. 전력으로 음악을 즐기자!"

"내용이 그게 뭐야."

요루카가 웃음을 터트리고, 전염되듯 다들 웃었다.

드디어 문화제가 시작된다.

문화제 첫날.

2학년 A반의 얌차 카페는 개점 직후부터 바로 만석이 된 데다 복도에마저 줄이 생겼다.

역시 차이나드레스의 효과는 강력해서 기뻐할 여유도 없을 만큼 먹을 것을 준비하느라 바빴다.

얌차라고 내걸긴 했지만, 본고장의 방식을 따르지 않고 손님의 회전율을 올리기 위해 시원한 음료로 한정한 게 대성공. 따뜻한 중국차를 내놓았다면 줄은 한층 길어졌을 것이다.

주문을 소화하자마자 바로 다음 주문이 들어와 요리팀은 풀가동 상태다.

"세나, 고기만두 안 탔어?"

옆에서 나와 마찬가지로 고기만두 굽기를 담당하던 애한테 지적받았다.

"……억, 이런! 아아, 실수했다."

핫플레이트의 뚜껑을 열자 탄내가 퍼졌다.

휙 뒤집자 새하얀 고기만두가 노릇노릇한 노란색을 넘어 까맣게 변해버렸다.

이건 손님에게 줄 수 없다. 즉시 타버린 고기만두를 핫플레이트 위에서 치우고 새것을 꺼내 굽기 시작했다.

탄내를 환기하기 위해 창문을 크게 열었다.

"키스미, 나나무라. 잠깐 접객 도와줄 수 있어?"

상상했던 것보다 더 인기인 바람에 차이나드레스 차림의 요루카가 당황한 듯 말을 걸었다.

"세나, 여기는 괜찮으니까 아리사카를 도와주고 와."

"미안. 고마워."

앞치마를 벗고 파티션 너머에 있는 접객 공간으로 나왔다.

"키스미는 빈 테이블을 치워줘. 여자는 최대한 오더랑 서빙에 전념하게 하고 싶어."

"알았어."

복도까지 늘어선 줄 정리에 인원을 할애했기 때문에 접객 스태프가 부족하다. 줄 정리를 맡는 차이나드레스 여학생이 광고판이 되어 한층 줄이 늘어나는 상태인 모양이다.

"나나무라는 다 먹었는데도 돌아가지 않는 손님에게 나가달라고 해줘. 그리고 수상한 행동을 하는 사람이 없는지 살펴보고."

"라저!"

나는 빈 접시와 종이컵을 치웠다.

"스미스미, 거기 끝나면 안쪽 자리도 부탁해."

주문을 받은 미야치가 내 옆을 지나갈 때 작은 목소리로 부탁했다.

"알았어. 대성황이네."

"즐거운 비명이지."

미야치는 생긋 웃은 뒤 요리팀에게 오더를 전하러 갔다.

나나무라는 스마트폰을 만지며 머물러있는 대학생 그룹의 뒤에 섰다.

"죄송합니다. 다른 손님이 대기하고 있으니 식사가 끝나셨다면 나가주시길 부탁드립니다. 그리고 가게 안에선 오직 요리만 촬영을 허락하고 있으니, 만약 실수로 다른 것이 찍혔다면 삭제를 부탁드릴게요."

나나무라는 생글생글 웃으면서 정중하게, 하지만 낮은 목소리로 차분하게 주의를 줬다.

체격이 좋은 장신에서 나오는 박력에 오래 머물러있던 그들은 '잘 먹었습니다!'라고 말한 뒤 도망치듯 나갔다.

"점원이라기보다는 경호원인데. 역시나."

"여자를 지키는 건 남자의 의무지."

나나무라도 나와 함께 테이블을 치웠다.

"바다에서 헌팅한 녀석이 말은 잘하네."

"동의받았으니까 괜찮아. 상대방도 반응 좋았잖아."

"나를 끌어들인 주제에 버리고 혼자 도망쳤으면서."

"그건 그거지. 칸자키 선생님에겐 거역할 수 없으니까."

나나무라도 칸자키 선생님에게는 약하다.

"덕분에 나는 유치원생처럼 선생님에게 연행되었단 말이야."

"뭐 어때. 칸자키 선생님 같은 미인과 함께 있었으니까. 그런 건 오히려 이득이라고 해. 애초에 너는 가짜 남자친구기도 하고."

"이미 폐업했어."

놀리는 나나무라를 향해 나는 진지한 얼굴로 정정했다.

"오히려 세나가 헌팅 목적인 손님을 솔선해서 제지할 줄 알았는데. 너 눈썰미가 좋으니까 그런 건 잘 보잖아. 또 수면 부족이야?"

"뭐, 어젯밤에도 늦은 시각까지 기타 연습했거든."

"쫄지 마. 실전은 자만하는 정도가 딱 좋다고. 플레이의 창조력이 늘어나지."

"농구부의 에이스가 말하니 설득력이 있는데."

음악과 스포츠, 장르는 다르지만 통하는 것을 느꼈다.


쉬는 시간도 없이 접객 공간과 요리 공간을 바쁘게 오가는 사이에 익숙한 얼굴이 교실에 나타났다.

"키스미, 놀러 왔어!"

"에이?!"

나를 발견한 에이가 발랄하게 말을 걸었다.

"컥, 엄마랑 아빠마저?!"

당연히 초등학교 4학년인 여동생 뒤에는 보호자인 우리 부모님도 있었다.

설마 했던 세나 패밀리, 올해도 방문했다.

"컥이 뭐니, 컥이."

엄마는 내 노골적인 반응에 불만을 보였다.

"그야 둘 다 일 때문에 올해는 못 온다고 했잖아."

"나는 상대측 사정으로 촬영이 미뤄졌어. 아빠는 키스미를 만난 뒤엔 바로 신칸센에 탈 거고. 사랑받고 있네, 아들."

엄마는 그렇게 말하며 내 팔을 찰싹 때렸다.

옛날부터 이래저래 나에게는 가차 없는 이 엄마에겐 제대로 거역했던 적이 없다. 생각해 보면 내가 무모한 요구에 난감해하면서도 임하는 건 이 털털한 엄마 때문이다. 게다가 나이 차이가 나는 여동생 에이가 태어나자 오빠의 책임감이라는 게 강제로 키워졌다.

"아니~~ 나는 상관없지만 저쪽이 마음의 준비가 안 되었을 테니까."

"? 저쪽이라니 누군데?"

내가 대답하기도 전에 에이가 바로 발견해서 '요루카!'라며 덥석 끌어안았다.

요루카가 굳어버린 이유는 당연히 에이가 품에 안겼기 때문만이 아니다.

내 부모님의 존재를 알아차렸기 때문이다.

나조차 온다는 걸 몰랐으니, 요루카에게 미리 가르쳐줄 수가 없었다.

"에이, 이 아이와 아는 사이니?"

에이의 호감도 넘치는 반응에 우리 엄마가 무방비하게 질문했다.

"키스미의 여자친구."

그리고 초등학생인 동생은 주저 없이 직설적으로 대답
했다.

"뭐?!"

엄마는 보는 눈이 있는데도 불구하고 터무니없이 큰 목
소리를 냈다.

"엄마, 목소리가 커. 다들 보잖아."

집 밖에서 부모님이 보이는 반응은 괜히 더 신경 쓰인단
말이지.

"세상에, 어떡해. 너 이렇게 예쁜 아가씨랑 사귀는 거야?"

요루카를 보고 흥분한 마이 마더.

그야 뭐, 저도 아직 제 연인의 미모에 정신을 못 차리니
말입니다.

한편 요루카는 여태껏 본 적이 없을 만큼 극도로 긴장
했다.

예기치 못한 부모님 소개 이벤트 발생에 분명 어떻게든
웃으려고 하는 모양이지만, 얼굴 근육만이 아니라 전신이
딱딱했다.

나는 수습하는 의미에서 먼저 소개했다.

"내가 지금 사귀는 여자친구야. 이름은 아리사카 요루카.
요루카, 이쪽은 우리 부모님."

"처, 처음 뵙겠습니다! 키, 키스미와 사귀고 있는 아리사
카 요루카라고 합니다. 잘 부탁드립니다."

"자기소개 고마워요. 키스미의 엄마입니다. 아들이 늘 신세 지고 있습니다."

엄마는 대외용의 정중한 자세였지만, 그 얼굴에는 아들의 연인에게 느끼는 호기심을 숨기지 못하고 있었다.

"이렇게 예쁜 아가씨와 사귀다니, 키스미도 제법인데."

아빠는 태평했다.

"저기, 아리사카 양. 우리 키스미의 어디가 좋니?"

엄마는 거침없이 요루카에게 질문했다.

"줄 밀리니까 테이블에 앉아!"

이대로 두면 영원히 서서 이야기할 듯한 기색이었기에 대화를 자르듯 빈자리에 안내하려고 했다.

"너 말고, 아리사카 양에게 안내 부탁할게."

"점원을 지명하는 건 사양해주시기 바랍니다!"

"키스미, 내가 할 테니까 괜찮아."

요루카는 아직 표정이 뻣뻣했지만, 자신의 소임을 다하려고 했다.

"이상한 거 물어보면 그냥 무시해도 괜찮아."

그 후 우리 가족이 식사하는 동안엔 도무지 침착할 수 없었다. 주문을 받을 때도 요루카에게 이것저것 질문했으며, 요루카도 열심히 대답했다. 아아, 심장에 안 좋다.

"꼭 우리 며느리로 오렴. 환영할게!"

"네!"

자리를 떠날 때는 화려하게 시어머니 모드가 되어 미래

의 며느리로 콕 찍어버렸다.

그나저나 요루카의 대답엔 망설임이 없구나. 아니, 너무 기쁘지만!

"문화제에 와서 무슨 소릴 하는 거야!"

너무 들떠서 앞서 나가는 가족 때문에 내 정신력도 한계였다.

같은 반 애들이 있는 곳에서 무슨 대화를 하는 거야.

"키스미, 설마 끝까지 책임질 마음도 없이 안이하게 연애하는 거니? 엄마가 옛날부터 그랬지? 여자아이와는 늘 진지하게 마주 봐야 한다고. 애초에 이런 예쁜 아이를 놓쳤다간 앞으로 평생 더 좋은 아이를 찾을 수 없을 거야!"

"그야 당연히 계속 사귀고 싶지. 하지만 여기서 할 말이 아니잖아."

"사람들 앞이라고 당당히 말도 못 하는 거야? 그렇게 배짱이 없어서야 아리사카 양도 정이 떨어질걸."

"엄마, 제발 그만 돌아가!"

"진심이라면 아무리 빨라도 우리는 OK니까!"

우리 엄마 앞에선 그 에이조차 얌전해진다.

그런 여성과 결혼한 아빠는 생글생글 웃으며 가족을 지켜볼 뿐, 끼어들지도 않았다.

간신히 교실에서 가족을 내보내자 단숨에 허탈함이 밀려왔다.

요루카만은 어쩐지 기쁘다는 듯 쑥스럽게 웃고 있었다.

◇ ◇ ◇

"세나. 여기는 이제 됐으니까 아리사카와 함께 홍보 돌고 와."

나나무라가 갑자기 그런 소릴 했다.

"나는 그렇다 쳐도 요루카를 데리고 나가도 괜찮아?"

줄은 상당히 소화했지만 그래도 손님이 끊이지 않았다.

"바보 같긴. 아리사카가 걸어 다니는 것 자체가 가장 큰 홍보라고. 겸사겸사 데이트하고 오란 소리야. 다음 휴식 타임과 합치면 좀 길게 시간을 비울 수 있잖아? 아리사카에게서 활력 충전하고 와."

"……, 고마워."

"세나. 적어도 내일까진 버텨라."

"알아. 농구부 친선 시합도 늦더라도 보러 갈게."

나와 요루카는 홍보 활동이라는 명목으로 교실에서 나왔다.

"2학년 A반에서 얌차 카페 합니다. 바삭하게 구운 중화만두가 메인입니다. 시원한 차와 타피오카 밀크티도 있습니다. 차이나드레스를 입은 여자애가 맞아드려요."

나는 요루카를 데리고 광고 멘트를 읊으면서 전단지를 뿌렸다.

복도를 걷는 차이나드레스 요루카는 지나가는 사람들의

시선을 모조리 쓸어왔다.

"저기, 키스미. 좀 더 사람이 없는 곳으론 못 가?"

"그렇게 해주고 싶은 마음은 굴뚝같지만 홍보가 안 되니까."

요루카의 걸어 다니는 광고판 효과는 어마어마해서 넉넉하게 가져왔던 전단지가 후루룩 줄어들었다.

"모처럼 키스미와 함께 문화제를 돌아볼 수 있으니까. 참을게."

"생각했던 것보다는 괜찮아 보이네."

"그야, 키스미의 부모님에게 인사하는 것과 비교하면 이게 훨씬 마음이 편한걸."

"갑작스럽게 미안."

"놀라긴 했지만 친절한 분들이셔서 기뻤어."

"요루카라면 당연히 대환영이지."

"커리어 우먼이라는 느낌도 들고, 멋진 어머니시더라. 아버지는 친절해 보이시고."

"부모님이 울면서 기뻐할 감상인데."

"덕분에 내일 라이브는 긴장하지 않을 수 있겠어."

"그럼 다행이다."

그러는 사이에 가져온 전단지는 전부 동이 났다. 그리고 마침 휴식 시간이다.

"그럼 문화제 데이트를 해보실까. 자."

나는 허리에 감았던 저지를 풀어 요루카의 어깨에 걸쳐

줬다.

"고마워. 괜찮아?"

"그 복장으로 복도에 있으면 춥잖아. 게다가 조금은 가릴 수 있을 테고."

요루카는 천천히 저지 소매에 팔을 끼웠다.

"와, 크다. 소매도 이렇게 많이 남아. 게다가 키스미의 냄새가 나."

남친 셔츠 아닌 남친 저지인가.

마침 저지 자락이 차이나드레스를 폭 가리는 바람에 아래에 아무것도 안 입은 듯한 오해를 불렀다. 저지 자락과 니삭스가 만들어내는 허벅지의 절대영역이 솔직히 에로하다.

내 옷을 연인이 입는다는 건, 뭔가 훅 오는 게 있구나.

요루카는 그대로 내 팔에 팔짱을 꼈다.

"괜찮아?"

"그야 오랜만에 하는 데이트잖아. 게다가 문화제고."

요루카와 함께 내키는 대로 교내를 걸어 다니며 부스를 구경했다.

게임기를 가져와 ○리오 카트 대회를 여는 곳에 난입. 사실 게이머인 요루카 씨는 연승 중인 남학생을 압도적으로 눌러버려 구경꾼들을 놀라게 했다. 역시 미술 준비실에서 몰래 게임에 몰두하던 요루카답다.

내가 스킨십으로 방해하지 않으면 이렇게 빠르구나. 득의양양해하는 요루카의 얼굴도 어린아이 같아서 귀엽다.

자체 제작 단편영화를 보거나, 점을 치는 반에 들르거나 하며 눈에 띄는 곳을 대강 둘러보았지만 유일하게 귀신의 집은 요루카의 NG로 패스.

여름방학 때 아리사카네 집에서 공포영화를 봤을 때는 계속 나에게 매달려있었지.

그렇게 우리 두 사람은 중간중간 부스에서 배를 채우며 문화제를 만끽했다.

"키스미, 또 뭐 먹지 않아도 돼? 아직 부족하지 않아?"

"망친 고기만두 같은 걸 대충 먹어놔서 배는 별로 안 고파."

"정말? 평소보다 식욕이 없어 보이던데."

"내일은 드디어 라이브잖아. 그야 긴장해서 식욕도 사라지지. 하지만 요루카와 문화제 데이트 하는 것만으로도 나는 기운이 솟아나니까 괜찮아. 자, 다음은 어디에 갈까?"

당당히 손을 잡으며 복도를 걸을 수 있는 것도 문화제의 축제 분위기 덕분이다.

"다도부는? 사유도 차를 대접한다고 했는데."

"그럼 말차로 티타임을 가질까?"

나와 요루카는 드물게도 제 발로 다도부 부실로 향했다.

"키이 선배, 요루 선배. 잘 오셨습니다."

사유가 기모노를 입고 맞아주었다.

전통복의 차분한 분위기에 머리카락을 단정하게 정리한 사유는 평소보다 어른스러워 보였다.

"두 분 모두 어서 들어오세요. 마침 손님이 빈 타이밍이라 다행이에요.”

“사유, 굉장히 잘 어울려.”

“감사합니다. 요루 선배의 차이나드레스도 아주 예뻐요.”

평소와 다른 옷을 입고 서로를 칭찬하는 요루카와 사유.
즐거워 보여서 흐뭇하다.

“게다가 남친 저지를 걸치다니, 요루 선배도 의외로 자
랑하는 타입이라니까요. 손도 꼭 붙잡고 말이에요. 문화제
를 끝내주게 만끽하고 계시네요!”

“이건 키스미가 추울 거라면서 빌려준 거야.”

직설적인 지적에 요루카는 쑥스러워하면서도 우월감을
숨기지 않았다.

요루카는 이런 것으로도 기뻐하는 타입이구나.

“뭐 어때요. 연인이 있는 사람의 특권이잖아요! 키이 선
배도 얇게 입어서 추울 테니까 따뜻한 거 들고 가세요.”

사유의 안내를 받아 다실에 들어가자 다도부의 고문이
기도 한 우리의 담임 칸자키 선생님도 마찬가지로 전통복
차림으로 반듯하게 앉아있었다.

늠름한 그 모습에 선생님의 맞선 거절을 돕기 위해 가짜
남자친구를 받아들였을 때의 일이 떠올랐다.

칸자키 선생님은 전통복이 정말 잘 어울린다. 예쁘다.

무심코 넋을 잃고 쳐다봤다.

“세나 학생. 굳어있지 말고 아리사카 학생과 이쪽으로
오세요.”

"선생님, 여기 계셨네요."

이름을 부르는 목소리에 정신을 차렸다.

동시에 이 다실과 칸자키 선생님이 세트인 광경에 나는 묘하게 조마조마해졌다.

매번 이 상황에서 무모한 과제를 떠안았기 때문이다.

각인 효과는 무섭다.

반사적으로 긴장해버렸다. 나는 신중한 동작으로 무릎을 꿇으며 발목에 엉덩이를 붙였다. 어쩐지 몸이 무거운 느낌이다.

"키스미, 어쩐지 딱딱하지 않아?"

"착각이야."

선생님은 내 쪽을 힐끗 보고는 '세나 학생. 아리사카 학생의 말대로 딱딱한데요'라며 고개를 갸웃거렸다.

"아뇨, 오늘은 또 어떤 무모한 부탁을 하시려나 순간 긴장해서요."

"──. 이제 그럴 일 없습니다!"

칸자키 선생님은 발끈하며 부정했다.

"선생님, 진정하세요."

사유가 즉시 다독였다.

그렇게 칸자키 선생님을 어려워하던 사유가 어느새 평범하게 말을 걸 수 있게 되었다. 그 변화가 나는 기뻤다.

"반 쪽은 성황이라 잘됐군요."

칸자키 선생님은 보여주듯 헛기침을 한 번 한 뒤 화제를 바뀌었다.

"네, 요루카와 나나무라가 열심히 해준 덕분이죠."

나는 요루카에게 눈짓한 뒤 가슴을 펴고 보고했다.

"정말 다행입니다. 계속해서 부상이나 사고에는 꼭 조심해주세요."

"그럼 차를 내오겠습니다."

사유가 가마 앞에 앉았다.

"맛있는 걸로 부탁할게."

"칸자키 선생님이 가르쳐주신 거니까 안심하세요."

"유키나미 학생은 아주 열심히 연습했으니 걱정할 필요 없습니다."

칸자키 선생님은 조용한 목소리로 보증해줬다.

그 말대로 사유의 움직임은 초보로 보이지 않을 만큼 노련해 보였다. 정중하고 막힘이 없으며 동작 하나하나에 주저가 없다. 우아하고 아름다워서 보기만 해도 기분 좋다.

다과와 차를 충분히 즐긴 뒤, 다 마셔갈 때쯤 새 손님이 들어왔기에 우리는 다실을 뒤로했다.

"미안해. 이제부턴 메인 무대쪽 일을 하고 올게. 나나무라의 시합은 후반전부터라고 해도 꼭 보러 갈 테니까."

"문화제 실행위원회 쪽도 열심히 해. 농구부엔 히나카랑 먼저 가서 자리 잡아놓을 테니까."

"고마워. 요루카도 반 부스 열심히 해."

"응."

요루카는 아쉬운 듯 시선을 내렸다.

즐거운 시간일수록 순식간이다.

문화제 데이트는 오늘은 여기까지. 각자 또 자신의 역할로 돌아가야 한다.

"아, 저지 돌려줄게."

"나는 어차피 반소매 입었으니까 그대로 입고 있어도 돼."

"그래? 그럼 고맙게 입을게."

요루카는 기쁘다는 듯 얼굴을 빛내며 저지를 벗던 손을 뚝 멈췄다.

"평범한 저지잖아."

"남자친구의 저지야."

너무나 기쁘다는 듯 말하는 바람에 나도 덩달아 웃어버렸다.

연인의 미소는 역시 특별하다.

보기만 해도 행복한 기분이 든다.

가는 방향이 반대이므로 나는 다실 앞 복도에 선 채 요루카를 배웅했다.

복도 모퉁이로 요루카의 등이 사라질 때까지 손을 흔들었다. 내가 너무 오래 손을 흔들었기 때문에 모퉁이를 돌기 직전에 돌아본 요루카가 '키스미도 빨리 가'라며 쓴웃음을 지었다.

나도 가려고 하던 차에 마침 다실에서 칸자키 선생님이 나왔다.

"선생님 차례는 끝나셨어요?"

"네. 유키나미 학생에게 맡겨두면 안심입니다. 그녀는 무척 학습이 빠르군요."

"사유 건, 감사합니다."

"학생을 키워내는 건 교사의 즐거움이죠."

"선생님, 내일 라이브 보러 와 주세요. 저에겐 여름부터 한 노력의 집대성이거든요."

나는 위팔에 알통을 만들어 보였다.

"……세나 학생, 몸에 문제는 없습니까?"

"네? 요루카와 데이트해서 기운을 충전한 직후인데요."

"당신에게 무슨 일이 생기면 제 감독 소홀입니다. 세나 학생이 바쁜 건 잘 압니다. 그래도 한계를 넘어버리면 본말전도예요."

내 말을 가로막듯 선생님이 충고했다.

"선생님, 그렇게 거창하게 말씀하지 말아 주세요."

"저는 교사로서 제자를 지켜야만 합니다. 설령 싫어한다고 해도 대신 막겠습니다."

오랜만에 무서운 선생님의 얼굴을 봤다. 정말 봐주는 것 하나 없이, 진심으로 나를 마주 보고 있다.

싸늘하게 밀어내듯 일방적이다. 이쪽의 회유는 통하지 않는다.

"선생님, 저는 아직 어리니까 하룻밤 자면 문제없어요."

어차피 앞으로 하루. 내일 라이브로 끝이다.

월요일은 대체휴일이니까 전부 끝난 뒤에 충분히 쉬면
된다.

"저는 당신이 걱정입니다."

그 말에는 교사의 책임감이나 위엄 속에 칸자키 시즈루
라는 한 명의 인간으로서 건네는 배려가 어른거려서, 간질
간질한 기분이 들었다. 이렇게 아름다운 연상의 여성이 대
놓고 걱정해주는데 싫어하는 남자는 없을 것이다.

"······선생님이 제일 열심히 한 순간은 언제인가요?"

긴 침묵이 흘렀다. 아무래도 대답하고 싶지 않은 모양이다.

선생님은 늘 말수가 적긴 하나 대답하지 않는 건 드물다.

"저는 지금이에요. 이 문화제 라이브를 성공시키면 스스
로 자신감을 가질 수 있을 것 같은 느낌이 들거든요. 해내
고 나면 조금은 저 자신을 자랑스럽게 여길 수 있을 것 같
아요."

"세나 학생은 충분히 대단합니다."

"하지만 제 주변엔 정말 대단한 사람밖에 없잖아요. 평
소엔 신경 쓰지 않지만, 문득문득 비교하면서 저는 정말
평범한 사람이라고 내심 우울해지거든요."

숨김없이, 본심을 털어놓았다.

"세나 학생의 훌륭한 점은 자신의 부족한 부분을 스스로
알아차리고, 도망치지도 덮어버리지도 않고 담담히 노력
한다는 겁니다. 그건 아무나 할 수 있는 일이 아닙니다."

"그거예요. 제가 싫어하는 점이. 물론 인간성이나 평소

행실을 칭찬해주시는 건 감사합니다. 그런 눈에 보이지 않는 부분을 평가해주는 좋은 인간관계를 구축했다고 감사하고 있어요. 하지만 바로 그렇기 때문에 저는——확실한 결과가 필요해요."

"당신도 남자로군요."

칸자키 선생님은 왠지 눈부신 것을 보듯 자애로운 표정으로 눈을 가늘게 휘었다.

그리고 내 결의로 가득한 말을 듣고, 머뭇머뭇 조금 전 내 질문에 대답했다.

"세나 학생이 가짜 남자친구 노릇을 하며 부모님과 만났을 때입니다. 제가 가장 열심히 한 순간은."

"그렇게 힘들어하셨군요."

"웃긴가요?"

"어려워하는 부분은 사람마다 다 다르니까요. 선생님은 그게 부모님이었던 것뿐이죠. 그리고 굉장히 열심히 하셨잖아요."

"학생에게 칭찬받다니, 기묘한 느낌이네요."

"싫으세요?"

"아뇨, 세나 학생이 하는 말이기에 위화감이 드는 거겠죠."

"저 되게 미움받고 있네요."

"미워하다니!"

칸자키 선생님은 당황하며 부정했다.

그 다급함도 순간이고, 바로 교사의 얼굴로 돌아왔다.

"아뇨, 오히려 반대입니다. 같이 극복한, 다름 아닌 당신의 말이니까요. 그때만큼 세나 키스미를 든든하다고 여긴 적이 없습니다."

"라이브, 기대해주세요. 저는 끝까지 해낼 거예요."

"저도 응원은 합니다. 하지만 무슨 일이 있다면 교사로서 반드시 막겠습니다."

칸자키 선생님은 전에 없는 과보호를 보였다.

대기실에서 문화제 실행위원회의 핫피를 걸치고 무전기를 장착했다.

귀에 꽂은 이어폰에서는 정기 연락이 오갔다.

사이드로 합류해 아사키와 교대했다.

"아사키, 진척은?"

"키스미의 예상이 완벽하게 맞았어. 시간표를 정확하게 짜 줘서 막힘없이 진행 중이야. 수정한 매뉴얼 덕분에 다들 순탄하게 대응하고 있고."

"그 진행 매뉴얼은 아리아 씨가 학생회장이던 시절에 만들었던 거라 오래된 느낌이 들었거든. 수정본이 도움이 되었다면 다행이야."

매뉴얼을 꼼꼼히 읽으면 막연하게 만든 사람의 성격이 보인다.

작성자인 겐, 그러니까 하나비시의 형은 상당히 철저한 타입인 건지 스케줄 엄수를 기본으로 한 상당히 타이트한 진행이었다.

나는 이번에 스케줄을 조금 더 융통성 있게 짰다.

공연 사이에 들어가는 교체 시간도 추가하고, 회장 내에 안내방송을 흘리는 시간도 넣어서 만약 밀림이 발생했을 때는 그런 자투리 시간을 이용해 커버하도록 했다. 너무 많이 밀렸다면 안내방송을 통째로 잘라서 시간을 맞춘다. 또 매뉴얼을 잘 읽도록 각 페이지 하단에 세세한 힌트와 경험담을 집어넣어 읽는 맛도 추구했다.

한번 읽어두면 최소한의 판단은 자주적으로 할 수 있게 되니 괜한 문의를 생략할 수 있다.

"주저 없이 손을 대다니 의외로 대담하네."

"전설을 만든 본인에게 허가도 받았으니 문제없지. 게다가 작년 경험을 기반으로 실정에 맞춘 게 다야."

"덕분에 이해하기 쉽다고 1학년들이 아주 기뻐했어."

"나는 당일에 편하게 가고 싶었던 것뿐이야. 즉각적으로 판단해야만 하는 상황은 안 일어나는 게 좋잖아."

"그런 건 편하게 간다고 하는 게 아니라, 용의주도하다고 해."

"순탄한 게 제일이니까."

"내일 라이브도 순탄하게 할 수 있을 것 같아?"

아사키가 내 얼굴을 살폈다.

"할 일은 했어. 남은 건 신만이 알겠지."

그렇게 대화가 끊어졌다.

어둑한 사이드 스테이지에서 아사키와 단둘이 있는 상황에 침묵이 흐르자 조금 긴장됐다.

아사키의 담당 시간은 끝났으니 이제 들어가도 괜찮을 텐데 사이드에 계속 머물러있다.

다음 공연은 취주악부의 연주다. 정기연주회나 문화제 무대에 매년 올라가는 부활동이니 무대 준비도 익숙하다. 스태프가 보조할 필요도 없다.

우리는 방해가 되지 않도록 사이드 구석에서 가만히 지켜볼 뿐이다.

"그리고 보니, 일단 보고할게. 키스미가 들어준 덕분에 엄마의 재혼을 축하할 수 있었어. 제대로 인사하지 않았던 것 같아서 지금 말할게. 고마워."

"그래. 축하해."

"엄마도 키스미에게 인사 전해달래."

"나는 아무것도 안 했는데."

"아니야. 키스미가 그때 와 준 덕분에 앞으로 나아갈 수 있었어."

시간이 되었다. 무대의 막이 오르고 취주악부의 지휘자가 우리의 옆을 지나 무대에 올라갔다. 객석을 향해 꾸벅 인사한 뒤 연주가 시작됐다.

"……내일 링크스 라이브도 잘 부탁해."

나는 무대 위에서, 아사키는 사이드에서 문화제의 피날레를 장식한다.

　"맡겨줘."

　이토록 든든한 말은 또 없었다.


◇ ◇ ◇


　체육관은 문화제의 무대용 회장이 되었기 때문에 농구부 친선 시합은 제2체육관에서 치러졌다.

　나는 메인 무대 쪽 내 담당 시간을 마친 뒤 드디어 시합장에 도착했다.

　시합은 제3쿼터에 들어간 상태였다.

　"키이 선배, 이쪽이에요!"

　나를 발견한 교복 차림의 사유가 말을 걸었다.

　코트를 에워싼 즉석 관객석에는 사유와 함께 요루카와 미야치도 있었다.

　셋 다 각자 담당 시간을 마치고 교복으로 갈아입은 듯하다.

　회장은 만석에 가까웠다. 여기저기 응원이 오가며 성대히 달아오른 상태.

　스코어를 보자 에이세이가 큰 점수 차이로 이기고 있다.

　나는 객석 사이를 누비며 간신히 세 사람이 있는 곳에 도착했다.

"수고했어. 늦었네."

"어."

나나무라는 3점 슛을 쏘는 척한 뒤 상대방이 점프한 순간 단숨에 골대 밑으로 드라이브하며 파고들었다. 디펜스를 억지로 비틀어 열듯 강하게 덩크를 꽂았다.

완전히 나나무라 극장이라고 해야 할 활약에 회장이 들끓었다.

"하하, 저 녀석 대단하다니까."

뻔한 감상밖에 나오지 않았다.

누가 봐도 놀랄 만큼 고도의 신체 능력과 뛰어난 기술, 그리고 넘쳐나는 파이팅.

그렇게 시합을 바라보는 사이에 나는 말없이 요루카에게 기댔다.

"키스미?"

"조금만."

"다들 보는데."

"우리가 연인인 건 널리 알려져 있잖아."

"키스미의 연인 선언 덕분에."

"싫었어?"

"결과적으로는 다행이라고 봐. 그게 없었다면 문화제 무대에 서는 일은 없었을 테니까. 내가 성장할 수 있었던 것도 키스미 덕분이야."

"칭찬해도 보상은 당장은 못 줘."

"오히려 지금은 키스미가 응석 부리고 있으면서."

놀리거나 말거나 나는 요루카에게 기댄 채 움직이지 않았다.

"아무래도 낮에 데이트한 것만으로는 부족했나 봐."

요루카의 체온을 느끼자 금방 졸음 같은 게 밀려왔다.

"이 자식, 세나! 내 시합을 보면서 연애하지 마!"

코트에 있는 나나무라가 기민하게 눈치채고는 이쪽을 손가락질하며 아우성쳤다. 시야가 넓잖아. 의외로 포인트 가드가 되어 사령탑 노릇도 할 수 있는 게 아닐까.

"시끄러워. 아무튼 시합에 집중해."

나는 요루카의 어깨를 빌린 채 대꾸했다.

"벌써 한마디 들었네."

"요루카가 무겁다면 참을게."

"괜찮아, 그냥 있어."

코트 위에선 나나무라의 활약이 이어졌다.

이대로 눈을 감고 있어도 시합의 전개는 상상할 수 있었다.

나나무라가 슛을 넣을 때마다 환호성이 터진다.

친선 시합은 에이세이 고등학교 농구부의 압승일 것이다.

스타플레이어의 활약은 역시 눈길을 끈다.

관객은 선택받은 자의 활약을 원하고, 또 선택받은 자는 그 기대를 뛰어넘는 결과를 남긴다.

재능이 있고, 그걸 발휘할 장소나 환경이 갖춰져 있다는 건 행운이다.

나나무라의 농구를 보는 건 즐겁다.

본인의 뛰어난 신체 능력을 살린 대담한 플레이가 많은 건 물론이고, 기술과 하나가 되어 창조적이고 놀라운 득점을 거듭한다.

벌써 몇 번째인지도 알 수 없는 커다란 환호성이 회장을 감싼다.

나나무라가 특기인 예리한 드라이브로 골 밑으로 파고들었겠지.

상대방 디펜스의 틈새를 누비듯 아크로바틱한 자세에서 억지로 슛을 쏴서 넣는다. 그토록 키가 큰 데다 점프력도 좋고 체공 시간도 길다. 하늘을 걷는 것처럼 공을 골대에 가져간다.

그런 데다 아웃사이드에서 던지는 3점 슛이라는 장거리 무기도 터득했다.

지금의 나나무라를 막을 수 있는 선수가 그리 쉽게 나타날 리 없다.

오늘은 시합을 봐서 다행이다.

아니, 보지 않아도 안다.

환호성이 멈추지 않으니까.

시합 종료를 알리는 호루라기 소리가 울린다.

회장이 승리에 들끓었다. 열전을 보인 선수들에게 따뜻한 박수를 보낸다.

나도 구름 위를 걷는 듯한 기분이 들었다. 어지간히 기쁜 모양이다. 무거웠던 몸이 갑자기 가벼워진 느낌이다. 내일 라이브에서도 이런 행복과 성취감을 맛볼 수 있다면 최고일 것이다.

그런 식으로 내일에 의식을 가져간 순간, 불현듯 얼굴이 부드러운 미끄럼틀 위로 떨어진 듯한 느낌이 들었다. 굉장히 기분 좋다. 대체 무슨 소재로 만들었지? 신기하다. 하지만 행복하다.

이런, 실전 전에 이렇게까지 긴장이 풀리는 건 문제인데.

에이세이의 압승에 취해서 꿈결 같은 기분을 맛보고 있는 건가.

그런데—— 나는 언제부터 시합을 안 보고 있었지?

"키스미, 정신 차려! 키스미!!"

정신을 차리자 요루카의 얼굴이 코앞에 있었다.

눈꺼풀이 유독 무거워서 눈을 뜨는 것도 버겁다.

이상하네. 체육관의 천장이 보인다. 보통 머리 위에 있을 텐데, 어째서?

"……어? 무릎베개야?"

어느새 풍경이 옆으로 누워있다. 바닥과 평행한 걸 보니 내 몸이 누워있는 모양이다.

"왜 그러는 거야?! 키스미!!"

머리 위에서 요루카의 울먹이는 목소리가 내려왔다. 왜

그래? 무슨 일 있어?

수많은 사람이 나를 둥글게 에워싸고 내려다보고 있었다.

요루카가 필사적으로 내 이름을 부른다.

대답해주고 싶었는데 목소리가 잘 나오지 않는다.

그러는 사이에 점점 시야가 좁아지더니 풍경이 멀어지기 시작했다.

큰일이다. 그렇게 생각해도 몸을 움직일 수가 없다.

그대로 전원을 꺼버린 것처럼 내 의식은 강제로 끊어졌다.

키스미가 쓰러졌다.

그 믿어지지 않는 현실에 나는 심하게 동요했다. 사람들 앞에서 펑펑 울었지만, 그래도 마음은 실이 끊어진 연처럼 불안정해져서 갈 곳을 잃어버렸다.

그리고 도망치듯 발은 미술 준비실로 향했다.

어느새 밤이 되어 낮의 떠들썩한 분위기가 완전히 사라진 복도를 걸었다.

불도 켜지 않고 커튼 틈새로 들어오는 외부 불빛에 의지하며 의자에 앉았다.

여기는 아무것도 달라진 게 없다.

좁다고 느낄 만큼 물건이 많아서 압박감을 느낀다. 예전에는 그게 편했다. 시야를 가로막고 밖에서 내 존재를 감출 수 있는, 나만의 비밀기지.

그런데 지금은 무척 쓸쓸하다.

어느새 둘이 함께 있는 게 당연해진 장소.

그의 부재를 강조하는 듯한 침묵과 서늘한 공기에 견딜 수 없어 나는 무심코 언니에게 전화를 걸었다.

"어쩌지, 언니. 키스미가 큰일이야……."

『──. 요루, 진정해.』

전화에서 들리는 언니의 단단한 목소리에 나는 조금 냉

정함을 되찾았다.

『우선은 천천히 심호흡하자.』

그 말이 시키는 대로 나는 몇 번 숨을 깊게 들이마셨다.

『그래서, 스미에게 무슨 일이 있었는데?』

"키스미가 쓰러져서, 병원에 실려 갔어."

나는 체육관에서 키스미가 쓰러진 뒤에 일어난 일을 설명했다.

농구 시합 종료와 거의 동시에 잠들듯이 의식을 잃었다.

키스미는 보호자 자격인 칸자키 선생님과 함께 구급차로 근처 병원에 실려 갔다.

나도 동행하려 했지만, '걱정되는 마음은 알지만 여기서부터는 어른에게 맡겨주세요'라며 다른 아이들과 함께 학교에 남아야 했다.

그대로 교실로 돌아가 임시 교사가 2학년 A반의 홈룸을 해주고 하교 시간이 되었다.

본래대로라면 문화제 첫날이 끝나면 내일 라이브를 위해 최종 리허설을 할 예정이었지만 그것도 중지.

링크스로서는 내일 무대를 어떻게 해야 할지 상의해야 한다.

머리로는 알지만 나에겐 그런 여유가 없었다.

나는 히나카에게 양해를 구하고 일단 모두의 곁에서 벗어났다.

혼자 있고 싶었다.

주변을 신경 쓰지 않고, 헝클어진 마음을 조금이라도 멀쩡한 상태로 돌려놓기 위해 노력했다.

하지만 키스미가 자꾸 마음에 걸려서 도저히 불가능했다.

후회만이 고개를 들었다.

바쁜 건 알고 있었지만, 걱정은 해도 막지는 못했다.

키스미가 열심히 연습하는 걸 방해하고 싶지 않았으니까.

그렇게 노력했는데 하필이면 실전을 앞두고 쓰러지다니.

"나, 때문이야."

『하겠다고 정한 건 스미 본인이야. 그 애가 요루를 원망할 리 없잖아.』

"그건, 키스미가 착하니까."

『그럼 너는 계속 기대기만 할 거야?』

"————!"

칼날로 푹 찔린 것처럼 숨이 막혔다.

정곡이었던 나에게는 떠오르는 말이 전부 변명으로 보여서, 자연스럽게 침묵할 수밖에 없었다.

『이제 알았나 보네.』

"응."

『네가 울어도 상황은 변하지 않아. 울어서 편해지는 건 너뿐이야. 자신의 감정을 가볍게 덜어주는 것도 중요하지만, 아직 할 수 있는 일도 있잖아.』

언니는 냉정하게 쏘아붙였다.

『응석 부렸던 만큼 강해져야지. 요루카.』

언니는 평소처럼 애칭이 아니라, 요루카라는 내 이름을 불렀다.

동생에게 쏟는 친애를 접어두고 대등한 존재로서 말했다.

"응. 그러기 위해서 열심히 했으니까. 끝까지 포기하지 않아."

약해졌던 나를 걷어차고 다시 마음에 불을 붙였다.

아직 중간이다. 끝은 정해지지 않았다.

『할 수 있는 일을 해. 완벽하지 않아도 최고로 최선을 다하는 거야.』

"언니, 고마워."

『됐어. 고민할 때 상담해줘서 나도 기뻐.』

"역시 언니는 든든해."

『……나도 드디어 옛날의 실패를 만회한 기분이야.』

"언니에게도 실패가 있어?"

『그야 많이 있지. 다만 나는 반성하고 전환하는 속도가 빠를 뿐이야.』

"대단해라. 나는 계속 신경 쓰면서 질질 끄니까……."

『오래 끄는 건 두 개 정도인가. 그것도 하나는 해결됐고.』

"그럼 다른 하나는?"

『비밀. 나는 됐으니까, 지금은 네 생각만 해.』

언니와 전화를 마치자 마침 준비실 문을 노크하는 소리가 들렸다.

"아, 역시 여기 있었네. 요루요루. 괜찮아?"

살며시 문을 열고 히나카가 들어왔다.

"찾은 거야?"

"아까 칸자키 선생님에게 연락이 왔어."

"키스미는 어떻게 됐어?"

나는 무심코 자리에서 일어났다.

"쓰러진 원인은 과로인가 봐. 계속 잠도 제대로 안 자고 무리했으니까. 지금은 링거 맞고 안정하고 있어. 하룻밤은 입원해서 상태를 본대."

"입원이라니……."

서로 그 이상은 아무 말도 하지 않았다.

만약 말을 해버린다면 키스미의 문화제가 정말로 끝나 버릴 것 같아서.

"세나가 쓰러졌다고?!"

학생회장 일을 마친 하나비시가 마지막으로 달려왔다.

문화제 첫날은 대성황으로 막을 내렸지만, 이 교실만은 분위기가 무겁다.

2학년 A반 교실에 모인 나 포함 링크스 멤버에 하세쿠라와 나나무라, 사유도 걱정해서 달려왔다.

상의해야 하는 문제가 있다.

하지만 통 대화의 진전이 없다.

세나회의, 모두의 중심인 세나 키스미가 없다는 것만으로도 이 모임은 어색한 분위기가 된다는 걸 통감했다.

　세나 키스미의 부재가, 그 존재가 얼마나 컸는지를 알게 했다.

　"늦었잖아, 하나비시."

　나나무라의 목소리는 딱딱하지만, 여느 때 같은 패기가 없다.

　"미안해. 그래서, 상황은?"

　그 하나비시조차 얼굴에서 미소가 사라졌다.

　"과로로 입원. 푹 쉬면 회복할 테지만…… 내일 무대는 못 하겠지."

　하세쿠라는 아무도 말하지 않으니까 대표로서 마지못해 내일의 가능성을 언급했다. 자신을 제어하려는 듯 팔짱을 끼면서도 그 초조함을 숨기지 못하고 있다.

　"입원?! 라이브는 세나 없이 해야만 하는 건가……."

　하나비시는 감정을 빼고 객관적인 결론을 말했다.

　정체된 상황을 알아차리고 학생회장답게 이야기를 진행시키기 위함이다.

　"아사──, 하세쿠라. 메인 무대 일은 세나 없이도 돌아갈 수 있어?"

　"그 점은 키스미가 빈틈없이 준비해놔서 괜찮아. 나도 커버로 들어갈 거고. 나나무라, 반 부스는 어때?"

　"원래 둘째 날은 라이브도 있으니 세나 한 명 빠져도 큰 문제는 없어."

"뭔가 그런 점이 되게 키이 선배답네요."

사유의 솔직한 감상에는 모두가 동의할 것이다.

"그럼 링크스 말고는 큰 영향은 없을 것 같네."

하나비시가 정리하자 카노가 이론을 제기했다.

"왜 세나키스가 쉰다는 전제로 진행하는 거야! 세나키스도 하룻밤 자면 멀쩡하게 회복할지도 모르잖아!"

카노는 전에 없이 감정적으로 반응하며 대화 흐름을 제지했다.

낙관적인 자세나 긍정적인 사고는 건재하지만, 동요는 숨기지 못했다.

"미메이, 계속 세나에게 무리시키려는 거야?"

나나무라의 목소리는 차갑다.

"하지만 세나키스는 아주 열심히 연습했다고! 그래놓고 무대에 서지 못하는 건 슬프잖아!"

"알아. 아리사카도 미야우치도, 덤으로 하나비시도 다들 같은 마음이야. 세나는 하겠다고 정하면 하는 녀석이지. 받아들인 이상은 성실하게 해. 그 결과가 이거야. 너무 열심히 했다고."

"외부인인 류는 참견하지 마!"

"그래, 나는 밴드에선 외부인이지. 그러니까 말하는 거야. 세나를 쉬게 해줘."

나나무라의 발언은 옳다.

"그래도, 아리사카가 메시지를 보내서 격려하면 연인의 부탁을 받아 한 번 더 분발할 수 있을지도 모르잖아!"

사랑의 마법이라면 피로도 날려버린다. 사랑으로 기적이 일어날지도 모른다.

그런 낙관론에 나는 더는 동조할 수 없다.

"안 돼. 그랬다간 무리해서라도 올 거야. 키스미의 몸을 가장 먼저 생각해야지."

키스미가 쓰러지자 나는 극도로 무서워졌다.

좋아하는 사람에게 이변이 일어나면 이렇게 내 마음이 흔들린다는 걸 전혀 알지 못했다.

"누가 빠지든 이 밴드는 성립되지 않아. 나는 링크스에 여태껏 없었던 특별한 것을 느껴. 다섯 명의 케미스트리를 문화제에서 보여주고 싶어!"

누구보다도 링크스에 애착이 강한 카노는 어디까지나 다섯 명의 연주를 고집했다.

"미메이. 마음은 뼈저리게 이해해. 나도 세나와 함께 다섯이서 무대에 서고 싶어."

"역시 그렇지!"

"하지만 이번만큼은 나도 나나무라와 같은 의견이야."

하나비시가 차분한 목소리로 달랬다.

"나는 의사를 지망하는 사람으로서 세나를 무리시킬 수 없어. 평소보다 기운이 없다는 것과는 수준이 달라. 세나는 쓰러졌어. 그동안 누적된 피로에 몸이 먼저 전원을 꺼버린 거야. 이미 한계라고."

하나비시의 분석을 듣는 사이에 내 기분은 한층 가라앉았다.

"내가 바쁜 키스미에게 의지해서 그래. 문화제 실행위원회 일만으로도 힘든데 열심히 기타를 연습해줬어. 반 부스 일로 상담해도 얼굴 한번 찡그리지 않고 대답해줬어. 더, 쉽게 해 줬다면……."

끓어오르는 죄책감에 또 눈물이 나올 것 같았다.

이제 와서 이런 말을 하는 건 비겁하다. 나 때문에 망가졌는데 우는 것도 부당하다. 가장 속상한 건 키스미일 텐데.

"나도 개인적인 문제로 키스미에게 크게 도움을 받았으니까……."

하세쿠라도 면목이 없다는 듯 중얼거렸다.

"그만. 지금은 고해성사 같은 건 필요 없어. 그냥 과부하 상태였던 세나가 한층 더 무리했다가 실전을 앞두고 고갈된 것뿐이야. 이러니까 평범한 놈은."

"류, 말이 너무 심하잖아!"

카노가 발끈하며 반론했다.

"그럼 네가 밴드에 끌어들이지 않았다면 이렇게 되지 않았을 거라고 인정할 수 있어? 그렇지 않아도 바쁜 세나를 한층 바쁘게 만든 건 다름 아닌 미메이잖아. 네가 할 말은 아니지."

"윽━━━."

"미메이가 **세나에게 집착하는 이유**는 안 물어볼게. 하지만 그 어리광이 모든 걸 망가뜨린다고!"

나나무라는 못을 박듯이 전 여친인 카노에게 충고했다.

그 박력에 밀려버린 듯 카노는 괴로워하는 표정으로 말을 삼켰다.

"저기요, 선배들. 싸우지 마세요! 키이 선배는 그런 걸 엄청 신경 쓰니까요."

사유가 험악한 분위기를 알아차리고 필사적으로 수습하려 들었다.

실전을 앞두고 모두의 정신적 지주인 키스미가 쓰러진 영향은 생각했던 것보다 더 심각했다.

다들 각자 개성이 강하기 때문에 모아놓기만 한다고 하나가 되지는 않는다.

우리는 얼마나 키스미에게 의지했던 걸까.

이렇게나 금방 조화가 흐트러진다.

보이지 않는 아래에서 지탱해주던 기반이 사라지면 위에 올라가 있던 게 모조리 무너질 수 있다.

"그리고 아리사카는 하나 착각하는 게 있어. 세나는 아리사카 옆에 있던 덕분에 쓰러질 수 있었던 거야."

"어?"

"연인인 아리사카 옆이라 안심해서 긴장이 풀린 거라고. 그만큼 세나에게 아리사카는 특별하다는 증거지. 그러니까 너무 자책하지 마."

"맞아, 세나는 힘들다고 투덜거려도 싫다거나 그만두고 싶다는 말은 한 번도 안 했잖아. 세나는 자기가 한 말은 지키는 남자야."

나나무라와 하나비시의 독려에 나는 조금 인식을 바꾸었다.

나쁜 습관이다. 정신적으로 몰리면 금방 부정적인 방향으로 사고가 흘러간다.

"둘 다 고마워."

두 사람은 서로를 힐끗 쳐다보고는 바로 고개를 돌렸다.

"그럼 어떻게 할래? 세나키스가 없다면 링크스로 나가는 건 포기?"

카노가 자포자기하듯 말했다.

"문화제의 피날레가 빠지다니, 그건 학생회장으로서 간과할 수 없어. 모두가 마지막에 달아오르기 위해서는 미메이의 연주는 필수야."

"그럼 다른 밴드에게 부탁하자. 나가고 싶은 사람은 그 외에도 얼마든지 있으니까."

카노는 여전히 시선을 떨어트린 채였다.

"미메이! 리더인 네가 투정 부리면 어떡해!"

"나나무라 선배, 목소리가 커요! 무섭잖아요."

사유가 필사적으로 달랬다.


"──우리만이라도 하자."

계속 아무 말도 하지 않던 히나카가 처음으로 발언했다.

전원의 시선이 히나카에게 모였다.

"우리가 무대에 서는 걸 포기하면 그거야말로 스미스미에게 후회를 남기게 될 거야. 우정이 큰 스미스미는 분명 신경 쓸걸. 평생 담아둘지도 몰라. 기껏 찾아온 고등학교 2학년 문화제를 슬픈 기분으로 끝내고 싶지 않아. 나는 그런 거 싫어. 무슨 일이 있어도 링크스는 무대에 서야만 해. 쇼 머스트 고 온이라고!"

히나카가 작은 몸으로 열심히 호소했다.

"그거 최악의 경우 세나키스 없이 연주하겠다는 거야?"

리더인 카노가 확인했다.

"물론이지. 게다가 다들, 사실은 가능성을 보고 있지 않아? 그런 때에 우리가 없으면 어떡해?"

히나카는 장난꾸러기처럼 눈을 가늘게 떴다.

분명하게 말하지 않아도 다들 무슨 가능성인지 알아차렸다.

그 한마디에 분위기가 바뀌었다.

아무도 말은 하지 않았지만 어딘가에서 그 가능성을 믿고 싶었던 것이겠지.

믿든 포기하든, 아직 일어나지 않은 미래는 같은 가치를 갖는다.

그 순간이 찾아올 때까지는 알 수 없다.

쓰러져서 입원한 사람이 다음 날 무대에 선다는 건 희박한 희망이다.

가능성은 한없이 작을 것이다.

그래도 키스미가 없는 링크스를 한 번 더 분발하게 하기에는 충분했다.

"메이메이, 우리는 링크스잖아. 어떤 형태든 스미스미는 내일 함께 무대에 설 거야."

"무슨 뜻이야?"

카노가 고개를 갸웃거렸다.

"──, 아."

나는 바로 그 말의 의도를 이해했다.

알아차리자마자 내 나약한 마음이 부끄러워졌다.

나는 언제든 키스미와 이어져 있다.

그런 식으로 이름을 붙인 건 다름 아닌 우리 자신이다.

"응. 링크스의 유래는 스미스미의 이름이잖아. 그리고 연결의 링크. 우리는 아무튼 세나 키스미와 연결되어 있는 거야."

그 설명에 모두의 눈에 빛이 돌아왔다.

그의 이름을 빌린 밴드. 설령 본인이 이 자리에 없어도, 그 이름은 뿔뿔이 흩어지려던 우리를 다시 하나로 이어주었다.

그저 말장난이고, 눈속임에 불과할지도 모른다.

하지만 그래도 괜찮다.

히나카의 말대로 링크스가 출연을 고사하면 키스미는 책임감을 느낀다.

나도 그건 싫다.

히나카는 얼굴을 덮던 앞머리를 쓸어올리며 다시금 선언했다.

"링크스는 메인 무대에 선다! 그게 우리가 스미스미를 위해 할 수 있는 일이야! 그리고 제때 돌아온다면 예정대로 다섯이서 연주! 이상, 결정!"

확인할 필요도 없었다.

전원의 의견이 일치했다.

"나는 키스미의 파트너로서 문화제의 피날레를 제대로 끝마칠 뿐이야."

"여기에 없어도 모두를 묶어준다니 세나에게는 못 당하겠다니까. 역시 학생회에 들어와 주지 않으려나."

"세나도 슬슬 셀프 과소평가에서 졸업해야 할 텐데."

"나는 악마 교관으로서 제자의 성장을 끝까지 지켜봐야지!"

"진짜, 키이 선배의 대단함이 인정받는 장소가 있어서 다행이에요."

특히 사유는 감격에 겨운 듯 눈이 촉촉했다.

중학생 때의 키스미를 아는 그녀에게 이 자리에서 세나 키스미가 받아들여지는 모습은 그렇게나 감동적인 광경인 모양이다.

"나나무랑 사유, 내일도 힘을 빌려줄래?"

히나카의 부탁에 지명받은 두 사람은 당연히 거절하지 않았다.

파란의 문화제 첫날이 이렇게 끝나간다.

그리고 나는 또다시 시험에 들었다.

◇ ◇ ◇

문화제 둘째 날.

아침 홈룸에서 칸자키 선생님이 출석을 확인했다.

교실에 키스미의 모습은 없다.

연락사항을 알린 뒤 '어제 쓰러진 학생이 나왔습니다. 몸 상태가 안 좋은 사람은 무리하지 말고 쉬세요. 부디 마지막까지 사고나 부상만은 없도록 조심하세요'라는 말을 덧붙였다.

"아리사카 학생, 하세쿠라 학생, 미야우치 학생, 나나무라 학생. 이쪽으로."

홈룸이 끝난 뒤 우리 네 명만 칸자키 선생님의 부름을 받았다.

"여러분에게는 보고해두겠습니다. 아침에 세나 학생의 가족에게서 연락이 왔습니다."

"키스미는 어떻죠?!"

서두르는 나를 향해 칸자키 선생님은 여느 때처럼 조용히 대답했다.

"몸은 안정되었지만, 어젯밤부터 내내 잠들어있다고 합니다. 오늘은 이대로 쉴 예정입니다."

"선생님, 왜 저희만 부르신 거죠?"

하세쿠라가 물었다.

"친한 사이인 여러분이기 때문에 무리시키지 않기 위해서입니다. 잘 들으세요. 절대 세나 학생을 병실에서 데리고 나오는 짓은 하지 말아야 합니다. 라이브 건은 정말로 아쉽지만, 건강이 최우선입니다."

칸자키 선생님의 하얀 얼굴에 시름의 빛이 맴돌았다.

그녀는 서글프게 시선을 내리고, 그럼에도 확실하게 말했다.

"세나 학생의 문화제는 이미 끝났어요."


얌차 카페는 오늘도 대성황이었다.

둘째 날이 되니 다들 각각 작업에 익숙해져서 순탄하게 돌아갔다.

나나무라는 평소보다 더 명랑한 태도로 아이들에게 말을 걸었다.

아무런 문제도 없다.

문화제의 떠들썩한 분위기가 교내를 가득 채웠다.

키스미가 없을 뿐, 어제와 하나도 다를 게 없다.

그럼에도 다른 장소에 와 버린 것 같아 오늘은 무척 허무함을 느꼈다.

"아리사카, 이제 쉬러 들어가도 괜찮아. 다녀와."

나는 그 말에 따라 교실에서 나왔다.

어제 키스미에게 빌린 채 돌려주지 않았던 저지를 입고 정처 없이 교내를 걸었다.

창밖을 보자 수많은 손님이 오가고 있다.

이렇게 사람이 많은데 왜 그만이 없는 걸까.

아직 자고 있는 거야?

늦잠 자는 거라면 깨워줄까. 스마트폰에 표시된 그의 이름을 누를 뻔했다. 어제부터 계속 이렇다. 병원에 달려가는 것도 쭉 참고 있다.

쉬길 바라는 마음과 와 주길 바라는 마음 사이에서 고통받는 건 하룻밤이 지나도 변하지 않는다.

"키스미."

이름을 불러도 대답해주는 사람은 여기에는 없다.

심해에서 올라오듯 느릿하게 의식이 깨어났다.

얕은 여울을 떠돌듯이 기나긴 생각의 공백 후, 오감의 기능이 돌아왔다.

소독약의 냄새, 깨끗한 시트의 감촉, 목의 갈증.

흐릿하던 시야가 선명해지자 낯선 천장이 보이는 걸 깨

달았다.

"……여기는, 병원?"

침대 주변을 에워싸듯 가로막는 커튼 너머에 있는 인기척. 목을 돌려 침대 주변의 설비를 보고, 무엇보다 내 팔에 링거가 꽂힌 것으로 보아 양호실이 아니라고 판단했다.

전신에 달라붙는 듯한 졸음 때문에 주변의 소리가 아직 아득하다.

창문에서 들어오는 빛을 보니 지금은 낮인 모양이었다.

낮?

신기하게도 날이 바뀌어 있었다.

요루카 옆에 앉아서 농구 시합을 보던 것까지는 기억한다.

그건 저녁이다. 그 후에 어떻게 되었지?

기억이 싹둑 잘려나갔다. 학교에 있던 내가 왜 집이 아니라 병원 침대에 누워있는 걸까. 애초에 하교한 기억도 없다.

그 순간 간신히 라이브 건이 떠올랐다.

"지금 몇 시지?"

감정에 반해 몸의 반응이 둔하다. 그것만으로도 내 상태를 어느 정도 알아차렸다.

머리맡을 더듬어 충전기에 연결된 내 스마트폰을 잡았다.

날짜와 시간을 확인했다. 이미 라이브까지 1시간밖에 안 남았다.

"……, 끝났네."

스스로도 놀랄 만큼 순순히 그런 말이 흘러나왔다.

나는 시합을 보면서 쓰러진 모양이다.

심지어 요루카의 눈앞에서.

너무 최악이다.

연인을 걱정시키다니 언어도단이다.

하필이면 실전을 앞두고 뻗어버리다니, 타이밍이 너무 나빠서 화가 치민다.

하지만 분노하려고 해도 그럴 기력조차 없는 실정이다.

어제보다 나아지긴 했지만, 그래도 몸이 무겁다. 완전한 회복까진 멀었다.

당장 뛰쳐나가기는커녕 침대에서 일어나는 것조차 힘들다.

스마트폰에는 대량의 메시지와 착신이 와 있었다.

이렇게 많이 쌓였는데도 눈을 뜨지 않았다니, 얼마나 피곤했었던 건지 실감이 가서 소름이 돋았다.

다만 그렇게 많이 왔는데도 아리사카 요루카의 이름만은 없었다.

"──나 참, 본심이 훤히 보이잖아. 요루카."

요루카가 생각하는 것쯤은 다 안다.

괜히 무슨 말을 보냈다간 내가 무리할 거라고 생각한 거겠지.

가까스로 돌아가기 시작한 머리는 자신의 상태를 파악했다.

무겁다.

과장 하나 없이, 솔직히 힘들다.

이대로 한 번 더 눈을 감고 마음껏 잠들고 싶다.

팔에 꽂힌 링거가 무거운 사슬처럼 내 움직임을 봉인하고 있는 것 같다.

이제 됐잖아.

나는 할 수 있는 걸 열심히 노력했다.

어제 얌차 카페는 대성황이었다. 문화제의 메인 무대도 미리 마련한 매뉴얼 덕분에 막힘없이 진행됐다. 링크스는 원래 나만 발목을 잡았다. 오히려 내가 없어도 네 명이서 잘해줄 것이다.

무대에 서지 못하는 아쉽지만 여기서 끝이다.

내 생각에도 참 잘했다. 이만 만족하자. 이 이상은 망신일 뿐이다. 억지로 라이브에 나가봤자 비실비실한 기타 소리에 우스갯거리가 될 게 뻔하다. 피날레를 장식하기에는 너무 초라하다.

포기할 이유는 충분하다.

어쩔 수 없다.

여기가 평범남 세나 키스미의 한계다.

그렇게 필사적으로 자신을 설득했다.

설득했는데, 아무리 해도 내 마음은 수긍하지 않았다.

"……이런 결말에 만족할 수 있겠냐고."

어느새 울고 있었다.

싫다. 아무리 준비해봤자 실전에 임하지 않으면 의미가 없다.

"끝을 정하는 건 나야. 남이 아니라고."

아리사카 요루카는 말했다. 강해지고 싶다고.

하세쿠라 아사키는 결정했다. 현실의 변화를 인정했다.

미야우치 히나카는 선택했다. 자신의 의사로 무대에 서기로.

나나무라 류는 부응했다. 내 몫까지 농구를 열심히 해줬다.

유키나미 사유는 나아갔다. 다음 한 걸음을 내디뎠다.

카노 미메이는 관철했다. 자신이 하고 싶은 것을 끝까지 해내기로 했다.

하나비시 키요토라는 표명했다. 상처받은 감정을 무기로 삼을 것을.

다들 정말 대단하다.

멋대로 비교하고, 열등감을 느껴왔다.

친구들에게서 느껴지는 신뢰와 친애를 의심할 마음은 없다.

나는 덕분에 많은 도움을 받았고, 짐을 덜어냈다.

그러니 나도 솔직해지자.

인정받는 것만으로는 부족하다.

나는, 나 자신에게 가슴을 펴고 싶다.

나 자신의 성과로 모두와 어깨를 나란히 하고 싶은 거다.

더 자신감을 갖고 싶다. 그리고 주눅 들고 싶지 않다.

평범하다면서, 보통이라면서 어중간한 올라운더로 도망 쳤던 내가 싫다.

남에게 맞춰서, 배후에서 버팀목이 되는 게 전부인 나에 겐 만족할 수 없다.

이대로 평범한 채 가능성을 접고 포기하는 것만큼은 사 양이다.

──세나 키스미라는 존재가 여기에 있다고 증명하고 싶다.

이젠 성과 같은 건 아무래도 상관없다.

책임감이나 의무감과도 다르다.

내 고집이고, 욕심이다.

여기까지 열심히 했다면 끝까지 부딪쳐보고 싶다.

내가 연주하고 싶다.

그뿐이다.

나는 한 번 더 일어나려고 했다.

한쪽 손을 돌려 링거를 강제로 뽑았다. 그 통증이 좋은 각성제가 되었다.

"──, 아야."

피도 돌고, 손발의 감각은 문제없다. 피로는 회복되지 않았지만 나는 아직 움직일 수 있다.

"키스미는 자고 있어! 들어가면 안 돼! 면회 사절이야!"

앳된 목소리가 누군가를 가로막고 있다. 이건 에이의 목 소리다.

그대로 상반신을 일으켰을 때 커튼이 걷혔다.

"오, 얼굴이 개판이네."

"키이 선배?! 일어나도 괜찮은 거예요?"

거기에 서 있던 건 교복을 입은 나나무라와 사유였다.

"너희가, 왜?"

"문병이야. 내 화려한 꼴을 제대로 지켜보지 않고 아리사카의 무릎베개나 받고 말이지."

"뭐 어때. 연인의 특권인데."

"오, 입은 살았네. 세나, 몸은 어때?"

나나무라가 대놓고 물었다.

"솔직히 최악이야. 내 몸이 아닌 것 같아. 이대로 내일 아침까지 풀코스로 잘 수 있을 것 같아."

"무대에서 한바탕 날뛰고 개운하게 자도 늦진 않을걸."

"……키이 선배, 진심이에요?"

사유의 얼굴을 보면 내가 어떻게 보이는지는 명백했다.

"유키나미, 지금이라면 세나가 옷을 갈아입는 걸 마음껏 도와줄 수 있는데?"

"나나무라 선배! 이런 때마저 놀리지 마세요! 요루 선배에게 들켰다간 죽는다고요!"

"내 교복은…… 이런, 학교인가. 나나무라, 내 기타는?"

"학교. 준비는 미메이가 해놨어. 부족한 건 너뿐이야."

"그럼 가자."

쓰러진 채 실려 온 거라면 짐은 모조리 학교에 둔 상태일 것이다. 뭐, 이대로 병원복을 입고 무대에 서는 것도 그건 그거대로 락스타 느낌이 나려나.

시간이 없는 이상 이대로 학교에 직행할 수밖에 없다.

"가지 마!"

우리 앞을 가로막은 건 에이였다.

화를 내는 동생은 두 팔을 벌리고 지나가지 못하게 막았다.

"이대로 누워 있어! 키스미는 요루카랑 얽히면 이상해! 정상이 아니야!"

동생에게서 여태껏 들어본 적 없는 강한 어조에 나는 놀랐다.

그건 평소처럼 어리광을 부리는 게 아니라 순수하게 나를 걱정해서 제지하는 거였다.

"에이."

"요루카를 좋아하는 건 알아. 하지만 지금은 안 돼."

에이는 태평함도 사라진 채 울 것 같은 얼굴로 걱정해주었다.

"그것만이 아니야."

나는 동생의 머리 위에 손을 올렸다.

"에이, 내 라이브 보고 싶다고 했잖아?"

"라이브보다 키스미가 건강해지는 게 좋아."

"고마워. 하지만 오빠는 에이에게 열심히 하는 모습을 보여주고 싶어."

"거봐, 엄마 말대로 됐잖아?"

뒤에서 나타난 내 엄마는 전부 다 간파한 듯한 얼굴이었다.

"엄마. 어? 오늘 일 아니야……?"

"귀한 아들이 쓰러졌으니 당연히 나중으로 미뤘지! 잠 덜 깼어? 교복이라면 저기 라커에 들어있어. 칸자키 선생님이 같이 가져와 줬거든."

사유가 바로 침대 옆 라커를 열자 교복이 들어 있었다.

"엄마, 걱정 끼쳐서 미안해."

나는 지금 미리 사과했다.

그리고 앞으로 저지를 행동에 대해서도.

"그렇게 매일 밤늦게까지 연습하다간 쓰러질지도 모른다는 추측 정도는 했지. 게다가 자력으로 눈을 뜬다면 학교에 가리라는 것도."

"보통 부모라면 막지 않아?"

"그야 뭐, 그렇게 귀여운 연인을 위해서라면 열심히 하고 싶어질 만도 하잖니?"

"── , 우리 엄마도 참 대인배야."

아들의 무모한 도전을 응원해주는 엄마에게 고마움을 느꼈다.

"멍청한 소리 하지 말고. 내 아들이 진심을 발휘하면 꽤 굉장한 결과를 낼 수 있다는 걸 아니까. 에이도 오빠가 집에서 가까운 에이세이에 합격했을 때 아주 기뻐했잖아."

삐진 에이는 엄마 뒤로 숨었다.

"에이, 약속했지? 같이 키이 선배의 무대를 보러 가자."

사유는 허리를 숙여 에이에게 말을 걸었다.

"키스미, 진짜 괜찮아?"

"에이. 오빠가 너에게 거짓말한 적 있어?"

"없어."

"그럼 같이 와."

"응!"

뒷일은 엄마에게 맡긴 나는 교복으로 갈아입고 서둘러 병실에서 나왔다.


넷이서 병원을 나서자 한 대의 자동차가 경적을 울렸다.

"스미, 여기야!"

운전석에서 얼굴을 내민 사람은 아리사카 아리아였다.

"아리아 씨?! 왜요?"

"아무튼 다들 빨리 타! 학교까지 데려다줄게!"

체력을 보존하라며 나나무라에게 업혀있던 나는 그대로 아리아 씨의 자동차에 처박히듯 태워졌다. 에이와 사유가 나를 사이에 끼우듯 좌우에 앉았다.

나나무라도 조수석에 앉자 전원이 안전벨트를 착용한 걸 확인한 뒤 바로 차가 움직였다.

"오늘은 택시가 아니네요. 아리아 씨."

"그야 스미가 위기에 처했다는데 소매 정도는 걷어붙여야지. 특별하니까."

"아리아 씨가 마왕이 아니라 진심 여신으로 보여요."

최고의 타이밍에 나타난 아리아 씨에게는 그저 감사하다.

"이제야 눈치채다니 스미는 정말 둔하구나."

"아리아 씨는 정말 제 은인이에요. 감사합니다."

내가 인사하자 백미러 너머로 보인 아리아 씨의 얼굴은 왠지 서글퍼졌다.

"키이 선배, 조금이라도 에너지 보충해두세요."

사유가 자신의 가방에서 꺼낸 건 내가 좋아하는 젤리 음료였다.

"역시 사유야. 잘 아네."

"괜히 몇 년씩 키이 선배의 후배로 지낸 게 아니니까요."

팩을 움켜쥐어 몸 안으로 흘려보냈다. 괜찮다. 악력도 제대로 있다.

기분도 좋아졌고 식욕도 돌아왔다.

에이도 재미있어하면서 사유의 흉내를 내며 초콜릿을 내 입에 집어넣었다.

텅 비었던 배에 먹을 수 있는 걸 집어넣고 수분을 공급하자 조금은 괜찮아졌다.

나나무라는 조수석에서 전화를 걸었다.

『세나를 차에 태우고 지금 학교로 가는 중이야. 뭐? 아리사카의 언니가 와 줬거든! 아무튼 서둘러 데려갈 테니까 그쪽은 세나가 준비할 시간을 벌어줘..』

그 통화로 보아 시간 여유는 별로 없는 모양이다.

"스미, 손가락 스트레칭도 해서 잘 움직이게 해놔."

아리아 씨의 조언을 따라 나는 손을 주무르며 체온을 올렸다.

그러는 사이에 에이세이 고등학교의 교사가 보이기 시작했다.

정문 앞엔 요란한 문화제 입장 게이트를 세워놔서 자동차로는 진입할 수 없다.

주차도 못 하니 그 앞에서 자동차를 한번 세웠다.

"에이는 나와 같이 객석에서 라이브 보자."

자동차에서 내린 우리를 따라가려는 에이에게 아리아 씨가 남으라고 말했다.

"하지만 키스미가 걱정인데!"

"다른 애들이 있으니까 괜찮아. 게다가 스미의 활약은 객석에서 보는 게 더 재밌어."

"알았어."

에이는 바로 아리아 씨의 말에 따랐다.

"키스미, 열심히 해. 응원할게!"

에이는 이미 라이브를 기대하는 얼굴로 손을 흔들었다.

"아리아 씨, 에이를 잘 부탁합니다."

"여동생을 대하는 건 익숙하니까 맡겨줘."

"얼마 전까지 계속 고민했으면서."

"그만큼 입이 살아있다면 괜찮겠네."

"감사합니다, 아리아 씨. 마지막으로 하나만 더 부탁드려도 될까요?"

나는 운전석으로 얼굴을 가져가 아리아 씨에게 귓속말 했다.

"음, 할 수 있는 사람은 나밖에 없겠지. 좋아, 그쪽도 맡겨줘."

역시 지금 상황에서는 아리아 씨의 아름다운 얼굴이 코 앞에 있다고 해도 긴장할 여유도 없다.

"정말 아리아 씨가 있기만 해도 어지간한 건 어떻게든 되는 느낌이네요."

진심으로, 이 사람이 있으니 뭐든 잘될 것 같은 느낌이 든다.

"──그럼 이건 마지막으로 내가 주는 서비스."

아주 잠깐, 아리아 씨의 입술이 내 뺨에 닿았다.

"기합 들어갔지?"

내가 반응할 때까지 짧은 공백이 있었다.

허둥지둥 운전석에서 몸을 떼어났다.

응? 지금 키스당한 건가?

"어? 어어?!"

기분 탓인가. 어라? 뭐지. 내 착각인 건가?

"자, 빨리 가! 연주 열심히 하고!"

내가 동요하거나 말거나 아리아 씨는 웃으며 보내주었다.

"세나! 아직이야?" "키이 선배, 빨리요!"
두 사람의 재촉에 나는 털어내듯이 학교로 향했다.


"……요루카의 언니도 키스미 좋아해?"
차 안에 있던 에이만은 아리아의 키스를 목격했다.
"응."
"요루카의 연인인데?"
"네 오빠는 사실 멋있잖아."
"요루카랑 안 싸워?"
"나는 한번 졌거든."
아리아는 조용히 뺨을 훔쳤다.
"그러니까 아까 그건 우리만의 비밀이야."
"특별히 그렇게 할게."
"고마워, 에이."

## 제11화

"스미스미가 이쪽에 오고 있어! 요루요루의 언니가 차로 데려다준대!"

나나무라의 전화를 끊은 히나카가 흥분하며 알렸다.

사이드 스테이지에서 순서를 기다리고 있던 링크스 멤버들이 소란스러워졌다.

"언니가 키스미를 데려와 주는구나."

"어? 요루요루가 부탁한 게 아니야?"

내 반응에 히나카가 오히려 당황했다.

"그래, 하지만 세나키스가 온다고 해도 곧 우리 차례야!"

앞 순서인 밴드는 이미 마지막 곡에 들어갔다.

나를 포함한 네 명은 언제든 무대에 설 수 있다.

최악의 경우엔 네 명만으로도 연주할 수 있도록 카노는 기타 음원의 녹음본을 준비해왔다.

운 좋게도 그게 나설 차례는 없을 것 같다.

하지만 앞 곡이 끝나고 무대 준비 시간을 최대한 활용한다고 해도 링크스 다섯 명이 나란히 등장하는 건 어려울 것이다.

도착한 키스미가 준비를 마칠 때까지는 최소한 한 곡 정도의 시간을 끌고 싶다.

"하세쿠라, 시간 앞으로 얼마나 남았어?"

"지금까지 진행이 상당히 순탄해서 10분은 아직 여유로 워. 최악의 경우 MC를 자른다면 예정대로 세 곡 모두 연 주할 수 있을 테지만, 키스미가 올 때까지 어떻게 기다리 게 하려고?"

"그럼 우리가 연주해서 시간을 벌게."

자연스럽게 그런 말이 나왔다.

"요루요루, 진심이야?"

히나카의 눈이 걱정하고 있다.

남의 시선에 긴장하던 인간이 난데없이 무모한 소리를 꺼냈기 때문이다.

그렇지 않아도 키스미를 바라보는 것으로 간신히 극복 한 나였다.

그 키스미가 없는데 괜찮은 거냐고, 카노와 하나비시도 비슷한 반응이다.

"키스미가 오잖아. 링크스는 예정대로 다섯이서 라이브 할 거야. 그러니 오프닝으로 같이 시간을 끌어줘."

나는 카노와 하나비시를 봤다.

"키보드, 베이스, 드럼이라면——아니, 우리라면 가능해."

"거절할 줄 알았어?"

"바라던 바야! 신나게 가자고!"

두 사람은 받아들였다.

"요루요루, 나도!"

"히나카는 키스미와 같이 나와줘. 링크스의 보컬은 마지막까지 온존해놔야 하니까."

"알았어. 응, 그게 연출 느낌이 나서 분위기도 살리겠네."

"아, 근데 무슨 노래로 할까? 우리는 세 곡밖에 연습하지 않았잖아."

실전 직전에 집어넣는 변경사항에도 하나비시와 카노는 웃고 있었다.

"카노가 나를 선택했을 때처럼 하면 되잖아."

"──잼 세션 말이지! 이 세 명 편성이라면 재지한 곡도 잘 맞겠네."

카노는 애드립 대환영이라는 듯 근질거려했다.

"이런, 이거 내가 고생하겠는데."

"관심 없는 여자를 기쁘게 해주는 건 특기잖아? **하나비시.**"

하세쿠라가 학생회장을 흘겨봤다.

"**아사키**의 부탁이니 NO라고는 못 하겠네."

하나비시는 얼굴을 한껏 구기며 웃었다. 기뻐 보였다.

"계획 정해졌지?"

하세쿠라의 질문에 나는 대답했다.

"우리 세 명의 세션으로 시간을 벌게. 키스미의 준비가 끝나면 신호를 보내줘. 연주를 바로 끊고, 두 사람을 넣고 원래의 곡으로 들어갈 테니까."

"아리사카. 만약 키스미가 아슬아슬하게 못 온다면?"

이 자리의 책임자인 하세쿠라가 당부하듯 최악의 사태를 언급했다.

""""그런 일만은 없어!""""

짜 놓은 것처럼 링크스 네 명이 같은 대답을 돌려주었다.

"나도 그렇게 생각해."

하세쿠라도 그 이상은 말하지 않았다.

"어떻게 할래? 셋이 같이 나갈까?"

카노가 확인했다.

"이렇게 된 거 조금씩 풀까?"

하나비시가 아이디어를 내놓았다.

"순서대로 한 명씩 나타나서 솔로 연주, 타이밍을 봐서 다음 사람이 나가 소리를 맞추는 거야. 드럼인 나, 베이스인 미메이, 아리사카의 키보드. 곡은 애드립, 이러면 될까?"

나와 카노가 고개를 끄덕였다. 하나비시는 하세쿠라에게 조명 등의 요청사항을 전달했다.

하세쿠라는 즉석에서 무전기로 지시를 날렸다.

"전원 주목. 무대 연출 변경! 미안하지만 여기서부터는 즉석에서 맞춰야 하니까 각오해. 마지막 피날레에 재미없는 실수를 저질러서 찬물을 끼얹지 않도록 하나도 놓치지 말고 들어! 이다음은——."

앞 순서인 밴드의 노래가 끝났다.

이쪽의 긴장감은 최고조에 도달했다.

마침내 본 무대가 오고 말았는데, 나는 스스로도 의외일 만큼 침착했다.

주인의 귀환을 기다리는 기타는 스탠드 위에 조용히 앉아 있다.

"자, 링크스. 가자."

카노의 고양된 목소리에 나도 앞을 보았다.

"세 사람, 맡길게. 반드시 둘이서 따라잡을 테니까!"

히나카의 목소리가 등을 밀어줬다.

무대 위의 조명이 꺼지고 체육관이 어둠에 뒤덮였다.

갑작스러운 암전에 회장 전체가 울렁거렸다.

왠지 어두운 바다로 나아가는 듯한 기분이었다. 무섭지만 이 두근거림은 싫지 않다.

"그럼 먼저."

선두를 끊은 하나비시가 무대로 올라갔다.

동시에 스포트라이트가 그의 모습을 비췄다.

여학생들의 환호가 여기저기서 터졌다. 그는 웃으면서 손을 흔들어 화답한 뒤 드럼 세트에 앉았다. 그리고 침묵을 깨트리듯이 시작하는 강인한 드럼 플레이. '와아!' 하며 놀라는 소리가 회장을 채웠다.

"나도 갈게."

이어서 카노가 무대에 나타났다.

경음악부 부원이나 카노를 보려고 온 사람들이 기대로 가득한 환호성을 터트렸다.

이번에는 스포트라이트가 그녀에게만 쏟아졌다.

뒤에서 드럼이 작은 리듬을 만들어내는 가운데 카노의

베이스가 폭발했다. 회장 전체를 뒤흔드는 것처럼 스피디한 손가락 놀림으로 중저음을 울렸다. 그 초절기교 테크닉에 다들 압도당했다.

베이스와 드럼의 리듬은 최초의 주도권을 놓고 싸우듯 점점 격렬해졌다.

무겁고, 낮고, 매섭게 소리와 소리가 부딪힌다.

마치 헤비급 복서 간의 난타전이다.

열기를 더해가는 회장은 다음으로 누가 등장하는지 기대가 올라가는 걸 알 수 있었다.

"아리사카. 왜 키스미에게 연락하지 않은 거야?"

하세쿠라가 내 옆에 섰다.

"내가 연락하면 정말 억지로라도 올 테니까."

"그게 더 나은데도?"

"안 되면 안 돼도 상관없어. 힘들면 반드시 쉬어야 하고, 안 그러면 큰일 나. 마지막은 키스미가 선택하길 바라. 나는 그냥 키스미가 서는 무대 위에서 기다리면 돼. 그러니까 이 무대가 준비되어있지 않다는 건 절대 용서할 수 없어."

내가 지금 해야 할 일은 울거나 토라지거나 우울해하는 게 아니다.

계속 응원해준 키스미에게 보답하기 위해 내가 먼저 무대에 서야만 한다.

그곳에 그가 오지 않는다고 해도.

"──나와는 정반대네. 그렇게까지 말하니 정말 못 당하겠어. 궁합은 나쁘지 않았지만, 역시 타이밍인가……."

하세쿠라는 어딘가 개운한 목소리였다.

"무슨 소리야?"

나는 무심코 옆을 봤다.

"4월 일을 떠올렸거든. 내가 키스미에게 고백하던 도중에 아리사카가 불쑥 나타나서 방해했잖아."

하세쿠라는 아무런 사양도 없이 갑작스럽게 본심을 털어놨다.

"그건 내가 화해하려고 했더니 네가 손대려고 해서."

"응. 특별하다는 건 결국 그런 거지. 부르면 와 주는 키스미는 무척 친절한 사람이라고 생각해. 하지만 부르지 않아도 오는 게 진짜 사랑일지도 몰라. 그걸 믿을 수 있는 아리사카도."

"환상이 너무 커."

"고등학생이잖아. 연애에 환상을 품어도 좋을 나이라고."

하세쿠라는 희미한 눈물을 매달고 아랫입술을 살짝 깨물었다.

무대에서 흘러들어오는 빛에 눈물이 보석처럼 반짝였다.

아, 이렇게 예쁘고 똑똑하고 배려심도 좋은 사람이라면 누구나 좋아하게 될 것이다.

그녀의 호감을 얻고 싶어서 친절하게 대하는 사람도 많겠지.

이렇게 매력적인 사람이 접근한다면 쉽게 마음을 빼앗

길 게 틀림없다.

하세쿠라 아사키가 고백한다면, 어지간한 남자는 OK할 게 뻔하다.

하지만 내 연인은 거절했다.

"응. 확실히 나는 사랑을 해서 마법에 걸린 것처럼 강해졌어."

합숙이 끝난 직후, 키스미는 하세쿠라의 전화를 받고 뛰쳐나갔다.

나도 사실은 결코 기분이 좋지 않았다.

강한 척하는 것과 강한 건 다르다.

적어도 그 순간의 나는 온전히 받아들이지 못했다.

다정한 면은 키스미의 매력이다. 나 자신이 그런 부분에 끌린 건 틀림없다.

나는 그 다정함을 독점하고 싶었기 때문에 괴로웠다.

왜냐하면 나는 그렇게 그를 사랑하게 되었으니까.

아무리 차갑게 밀어내도 그는 아무 일도 없었다는 양 나만의 미술 준비실에 와 주었다. 내가 성질을 부려 선반에서 캔버스가 떨어졌을 때도 몸을 날려 지켜주었다. 너무 당황해서 미움받아도 이상하지 않은 말만 했는데, 키스미는 성실하게 흩어진 캔버스를 정리하러 왔다. 처음에는 학급 임원의 의무인지 흑심인지 몰랐지만, 어느 쪽이든 짜증 날 뿐이었다.

하지만 그는 그런 타산은 조금도 없이 대인관계 능력이

떨어진다는 자각이 있는 나와 끈질기게 대화를 시도했다.

아마도 그는 이상하다.

그렇게 붙임성 없고 냉정하고 까칠하던 나와 매일 대화하고 싶어 하다니, 어지간한 괴짜인 거라고 생각했다.

어느새 나는 그가 미술 준비실에 들어오는 걸 당연하게 받아들였고, 커피나 과자를 내어 주기도 하며 이 둘만의 시간을 즐기고 있다는 걸 깨달았다.

작년 문화제 시기에 바쁜 그가 미술 준비실에 오지 않게 되자 혼자 보내는 시간이 무척 지루하고 외로웠다.

오랜만에 만나러 왔을 때는 펄쩍 뛰어오를 정도로 기뻤다.

그런 나를 자각하자 더는 멈출 수 없었다.

이번에는 감정을 제어하는 게 큰일이었다.

그를 만나지 못하는 것만으로도 짧은 겨울방학이 그토록 길게 느껴진다니 몰랐다.

빨리 학교에 가고 싶다고 생각한 건 인생 첫 경험이다.

발렌타인에는 나답지 않게 초콜릿을 선물했다.

화이트데이에 보답으로 받은 쿠키는 아까워서 바로 먹지 못했다.

3학기가 끝나갈 무렵엔 2학년 때 반이 바뀌면 그와 대화할 기회가 없어지는 게 아닐까 불안했다.

종업식 후 칸자키 선생님에게 '같은 반에 넣어주지 않으면 학교를 그만두겠다'고 직접 담판했다.

요컨대 아리사카 요루카도, 세나 키스미에게 절절히 반

해버린 거다.

그래서 벚나무 아래에서 키스미에게 고백받았을 때는 꿈인 줄 알았다.

마찬가지로 그의 다정함의 연장선에 애정이 생겨나, 내가 아닌 다른 사람과도 서로 좋아하게 되면 어떡하나 계속 무서웠다.

다만 그건 내 독점욕과 질투에서 오는 착각이다.

그의 다정함은 다른 사람의 마음에 다가가기 위한, 누구에게도 지지 않는 재능이다.

그리고 그는 그걸 이득을 따지지 않고 누구에게나 발휘할 수 있는 대단한 사람이다.

그러나 키스미의 다정함과 애정은 별개다.

세나 키스미의 마음은 언제나 아리사카 요루카에게만 향하고 있다.

그 애정은 처음부터 나만의 것이다.

결코 흔들리지 않는다.

지금이라면, 그렇다고 믿을 수 있다.

4월에 약했던 내가 충동적으로 이별할 뻔했을 때 한 번 더 맺어지기 위해 달려갔던 것처럼, 키스미도 여기에 온다.

무대가 나를 부르고 있다.

"나는 여기까지야. 아리사카, 화이팅."

하세쿠라의 목소리가 등을 밀어주는 걸 느끼며 나는 한 발 먼저 무대에 섰다.

내 이름을 부르는 목소리가 들렸다. 2학년 A반의 아이들이다. 오늘 얌차 카페를 무사히 마치고 보러 와 주었다. 순수한 응원이 기쁘다.

하나뿐인 스포트라이트는 눈부시다.

빛 너머는 어두워서 잘 보이지 않지만, 나에게 쏟아지는 수많은 시선을 피부로 느낀다.

전에는 전부 무섭고 불쾌했다.

아니, 지금도 그것 자체는 변하지 않았다.

다만 어느 정도 상관없다고 생각할 수 있을 만큼은 무시할 수 있게 되었다.

키스미만 생각하면 된다는 건 정말이다.

나는 그를 위해서만 연주하면 된다.

그만을 생각하면 용기가 솟아난다.

다른 누가 무슨 생각을 하고 무슨 말을 한들 그가 좋아해 준다면 나는 나일 수 있다.

설령 이 자리에 없어도, 어디서든 그를 생각할 수 있다.

머릿속을 전부 세나 키스미로 채워버리면 된다는, 너무나도 연애중독 같은 해결법.

내가 생각하기에도 너무 취해 있다.

하지만 나는 그래도 괜찮다. 그게 좋다.

——사랑에 빠진 여자는 무적이니까!

마음속으로 그렇게 소리치듯 키보드를 눌렀다.

해방된 것처럼 건반 위로 손가락이 미끄러진다. 스스로

도 놀랄 만큼 즐기고 있다. 자연스럽게 템포를 올리며 소리가 튀어 오른다.

노래하듯이, 춤추듯이, 마음이 가는 대로.

키보드 솔로가 끝나자 객석에서 뜻밖의 환호성이 돌아왔다.

여왕과도 같은 내 오만한 연주에 리듬 부대가 충실하게 따른다.

둘 다 놀라면서도 절묘하게 맞춰주었다.

실컷 연습한 덕분에 서로 습관이나 취향을 알게 되었고, 기분 좋게 소리를 쌓아올릴 수 있게 됐다.

우리 트리오는 남은 두 사람을 부르듯이 고조되었다.

"얍. 기타리스트 배달 완료!" "기다리셨습니다!"

셋이서 사이드로 달려가자 아사키와 미야치가 기다리고 있었다.

"할 수 있겠어?"

아사키는 내 얼굴을 보자마자 대뜸 물었다.

"물론이지. 그러려고 왔는데."

"안심해. 지금이라면 MC 빼고 세 곡 모두 연주할 수 있어. **키스미가 짠 스케줄대로.**"

"끝까지 논스톱으로 전력질주라. 짜릿하네."

나는 농담을 던지며 내 안의 두려움을 쫓아내려 했다.

아사키는 무전기에 대고 무대 아래에 있는 학생에게 '앞으로 1분 뒤에 보컬과 기타가 들어간다고 사인 보내'라는 지시를 내렸다.

"고마워, 아사키."

"이번엔 키스미에게 계속 도움만 받았는걸. 나도 조금은 활약하게 해 줘."

"최고의 파트너가 있어 줘서 이보다 더 든든할 수가 없어."

아사키는 어색하게 웃었다.

나는 무대를 바라보았다.

무대에서 들리는 소리가 나에게 용기를 주었다.

요루카, 카노, 하나비시가 저곳에서 기다린다.

저 빛 아래에 나도 어서 서고 싶다.

힘이 들어갈 정도의 여유도 없다 보니 긴장하지 않아도 된다는 게 다행이다.

"스미스미, 기타 여기."

미야치가 가져온 기타를 받아들었다.

끈이 어깨에 무겁게 파고들었다. 기타가 평소보다 더 무거운 느낌이다.

"나나무라, 사유. 여기까지 고마웠어."

"옥쇄하고 와라. 장례는 치러주마."

"여기까지 왔으니 성대하게 저질러주세요!"

두 사람의 격려에 자연스럽게 미소가 흘렀다.

"미야치. 걱정 끼쳐서 미안해."

고개를 젓는 미야치.

"스미스미, 그런 말 하는 거 아니야. 제대로 실전에 링크스 전원이 모였는걸. 끝까지 즐기면 그걸로 충분해. 그러니까 우리도 가자!"

무대에선 세 명의 세션이 끝났다.

애드립으로 그만큼 들려준다니 대단하다.

회장에 여운이 남아 있는 가운데 미야치와 나도 무대에 나타났다.

"미안, 기다렸지."

한 명 한 명씩 짧게 시선을 나눴다.

미야치가 무대 중앙에 놓인 마이크 앞에 섰다.

나도 내 위치에 서서 기타를 준비했다.

그곳에 요루카가 키보드 앞으로 나에게 다가왔다.

"사이드에서 들었어. 전혀 긴장하지 않았던데. 강해졌구나, 요루카."

"키스미는 힘들어 보여."

요루카는 그렇게 말하며 내 목으로 천천히 손을 뻗었다.

"키스라도 해주려고?"

"넥타이 안 맸잖아. 고백 OK했을 때 칠칠하지 못한 사람은 안 좋아한다고 했을 텐데."

요루카는 내 목에 걸린 채 늘어진 넥타이를 익숙한 손놀림으로 맸다.

평소보다 상당히 느슨하고 매듭 위치도 아래쪽이다. 내 몸 상태를 염려해서 답답하지 않도록 최소한의 매무새만 다듬어준 거다.

"고마워, 요루카."

자연스러운 배려가 몸 구석구석으로 퍼진다. 이 섬세함이야말로 요루카다.

"얼마든지 고쳐줄게. 여자친구니까……."

그 말은 내 고백에 요루카에게 답변을 받았던 고등학교 2학년 첫날을 떠올리게 했다.

"키스미, 와 줘서——."

"아직 온 것뿐이야. 전부 끝난 뒤에 들려줘."

나는 의식적으로 입꼬리를 끌어올려 요루카를 향해 크게 웃었다.

"응. 알았어."

요루카는 키보드 앞으로 돌아갔다.

나도 준비가 끝났다고 눈으로 신호를 보냈다.

드디어 링크스 다섯 명이 모였다.

미야치가 마이크를 잡았다.

"올해의 에이세이 고등학교 문화제도 마침내 피날레입니다! 다들 즐기고 있냐!"

만석인 객석이 파도 같은 성원으로 대답했다.

"기다리셨습니다, 저희 밴드명은 링크스입니다! 부디 저희와 마음을 링크해서 마지막 타임을 최고의 추억으로 만들어주세요!"

드럼의 카운트와 함께 곡이 시작됐다.

◇ ◇ ◇

무대 위에 세나 키스미가 나타난 순간 칸자키 시즈루의 안색이 바뀌었다.

멀리서 봐도 그의 몸 상태가 안 좋다는 건 명백했다.

"바보같이!"

체육관 구석에서 보고 있던 시즈루는 바로 사이드 스테이지로 향하려 했다.

"네, 시즈루 스톱. 라이브를 방해하게 두지 않겠어."

"아리아, 게다가 세나 학생의 동생까지. 그를 데리고 나온 건 당신입니까?!"

"미안해, 시즈루. 귀여운 제자의 부탁이라 그만 응원하고 싶어졌걸랑."

"무책임한 짓 하지 마세요. 그는 쓰러졌단 말입니다."

에이 앞이기 때문에, 게다가 라이브 중이기 때문에 시즈루도 화를 내기 어려웠다.

폭음이 울리는 가운데 에이는 벌써 무대 위 키스미와 친구들에게 푹 빠져 있었다. 그 바람에 두 사람이 싸운다는 건 눈치채지 못했다.

"책임은 질 수 없어도 믿을 수는 있지."

"아리아!"

시즈루는 전에 없을 만큼 분노하며 아리아를 노려보았다.

목소리를 죽인 두 사람의 싸움.

"지나친 과보호야, 시즈루."

"교사로서 학생의 무모한 행동을 제지하는 건 당연한 일입니다."

"교사가 아니라 시즈루 개인이 막는 거잖아?"

"말이 안 통하네요. 비키세요."

"괜찮아, 저 애들은 성공해."

아리아는 무시하려는 시즈루의 손을 잡았다.

"그렇게 뭐든 당신 뜻대로 잘 풀릴 거라고 생각하지 마세요."

"시즈루. 우리는 교사와 학생으로 만났지만 지금은 친구잖아? 그렇지?"

"……뭡니까, 갑자기."

"대답해."

"저는 당신을 개인적으로 좋아하고, 졸업한 뒤에는 대등한 관계라고 생각합니다. 지금은 아주 화가 나지만요."

"그럼 마운팅 좀 해볼까. 시즈루보다 먼저 스미를 가르친 건 나야."

"네?"

"스미는 착하니까 경쟁 같은 걸 거북해하고 요령도 없지만, 시키면 해내는 아이야. 이젠 평범하다는 착각을 버리고 자신감을 갖게 해도 될 때라고. 그러니까 시즈루. 스미가 탈피하는 순간을 가만히 지켜보자."

"어째서 당신은 그에게 그렇게 무른 거죠?"

"아마 시즈루와 같은 이유 아닐까."

"의미를 모르겠습니다."

"그래? 좋아하는 사람이 열심히 하는 걸 보면 응원해주고 싶잖아?"

"…………아리아."

손을 놓아도 시즈루는 발을 멈춘 채 움직이지 않았다.

무대 위에서 그는 기타를 멋지게 연주하고 있다.

"스미——아니, 키스미. 화이팅."

아리아는 눈물을 흘리며 무대를 바라보았다.

아, 진짜 죽겠다.

중력이 갑갑하다. 서 있는 것만으로도 힘들었다.

——하지만 끝까지 마치고 싶다.

기타가 평소보다 무겁다. 지금 당장 집어던지고 눕고 싶다.

——하지만 여태껏 해본 적 없는 최고의 퍼포먼스를 해내고 있다.

스포트라이트가 눈부시다. 그냥 눈을 감고 싶다.

——하지만 회장의 모습과 링크스가 연주하는 모습을

보고 싶었다.

소리가 크다. 듣기만 해도 지친다.

──하지만 이 찰나밖에 맛볼 수 없는 소리에 잠겨 있고 싶었다.

내가 생각하기에도 놀랄 만큼 열심히 하고 있다.

한계를 넘어섰을 텐데도 지금까지 느끼던 권태감이 거짓말처럼 가볍다.

제대로 된 이성이나 상식으로 판단한다면 당장에라도 중지해야 할 것이다.

그런 건 알 바 아니다.

지금의 나는 내 뜻대로 감정을 소리에 실어 해방한다.

아무리 어설픈 소리로 들린다 한들 나에게는 최고의 연주였다.

완전히 자아도취.

어쩌면 관객은 소음을 듣는다고 느낄지도 모른다.

그래도 나는 한없이 자유롭다.

카노가 말했던, '충동을 그대로 소리에 실어낸다'는 건 바로 지금 상태를 말하는 거겠지.

음악에 몰두해서 자신과 음악밖에 없는 신기한 기분.

그런데도 나에게서 나오는 소리가 모두의 소리와 융합하여 회장의 공기와 섞여 특별한 것으로 승화되는 걸 알 수 있다.

다른 악기가 연주하는 소리가 멋지게 맞물리고, 뒤섞이

고, 어우러져서 하나의 노래가 된다.

서로가 내는 소리가 유기적으로 호응하며 커다란 박력을 만들어낸다.

기술이나 이론을 넘어선 그루브가 새로운 조화를 불러온다.

꿈을 꾸는 듯한 시간이다.

우리 링크스는 소리를 통해 서로 이어져 있다.

이 케미스트리에 계속 잠겨있고 싶다.

설령 한때의 환상이라 해도 이 순간이 있다면 충만하다.

그런 극상의 감각.

음악을 리얼타임으로 창조하는 쾌락.

주목을 받는 고양감.

무엇보다도 맨 앞자리의 관객보다 더욱 가까운 곳에서 모두가 연주하는 소리를 들을 수 있다는 흥분.

특별한 순간의 탄생에 입회했다는 기쁨에 가슴이 떨린다.

아아, 위험하다.

뇌내 마약이라도 분출되는 모양이다.

정말로 이상해질 것 같다.

점점 마비되는 걸 알 수 있다.

힘든데도, 즐겁다.

폭음이 기분 좋다. 회장의 열기가 애틋하다. 환호성이 기분 좋다.

더 요란하게. 더 드높이. 더 기쁘게.

마침내 마지막 곡이다.

MC도 없이 남은 시간을 아쉬워하듯 우리는 하염없이 연주에 몰두했다.

이런 건 즐겁게 만든 사람이 이기는 거다.

내 기타는 날카로움을 더하듯 매서워졌다.

카노의 베이스가 종횡무진으로 뛰어다니듯 터졌다.

하나비시의 드럼이 회장 전체를 흔들어놓듯 강하게 울린다.

요루카의 키보드가 현혹하듯 일곱 빛깔의 아름다운 음색을 빚어낸다.

그리고 미야치의 보컬은 감정을 가득 실어서 노래한다.

노래가 마지막 순간에 가까워졌다.

제발, 이대로 끝나지 말아줘.

이 시간이 영원히 계속되길.

인생의 최고조다.

괜한 건 생각하지 않아도 된다.

말 그대로 망아지경.

새하얀 의식에 휩싸인다.

세계가 아득해진다.

감정만이 저편으로 질주한다.

다들, 기다려줘서 고마워.

하나비시, 재기해줘서 고마워.

카노, 음악을 가르쳐줘서 고마워.

미야치, 최고의 노래를 불러줘서 고마워.

요루카, 내 버팀목이 되어줘서 고마워.

만감의 마음을 실어 현 위로 피크를 내린다.

그리고 마지막 소리가 해방된다.

동시에 모조리 불태워버린 듯 나는 그 자리에 우두커니 멈췄다.

순간의 무음.

잔향마저도 공기에 녹아들었다가, 사라진다.

침묵.

직후, 눈사태처럼 회장에서 밀려드는 열광적인 환호성을 받으며 나는 라이브가 끝났다는 걸 깨달았다.

어느새 손에서 피크가 떨어져 있었다.

열기에 휩싸인 채 세계가 아직 아득하다.

마법이 풀린 듯 그렇게나 하나가 되었던 감각은 거짓말처럼 사라졌다.

하지만 이 성원이 따뜻하다는 건 알았다.

세나 키스미는 스타성이라고는 하나도 없는 평범한 남자다.

다른 사람을 바로 끌어들일 수 있는 확연한 매력도 없고, 유일무이한 무기도 없다.

더 욕심을 내지 않고 남들 같은 수준에서 만족할 수 있다면 좋았을 텐데. 주변에 질투하지 않고 적당한 무관심으로 넘기면서, 얌전히 내 분수를 파악한 채 살아갈 수 있었

다면 편했을 텐데.

효율 좋게, 무리하지 않고, 필요 이상으로 위를 보지 않는다면 마음이 공연히 흐트러지는 일도 없었을 텐데.

하지만 나는 노력하고, 갈망하고, 발버둥 치는 걸 선택했다.

결코 최단거리는 아니다. 분명 쓸데없이 멀리 돌아가는 일도 많았을 것이다.

그 고난의 길이 나를 강하게 했다.

그것만은 자랑스러워해도 될 것 같다.

흥분이 가시지 않은 회장과는 다르게 활활 타오르던 내 의식은 급속도로 식어갔다.

일상의 감각이 돌아오고 다시 나를 냉정하게 객관시한다.

이런 건 열 번 중에 한 번 있는 성공이 우연히 첫 시도에 왔을 뿐이다.

완전한 초심자의 행운이다.

그 한 번을 여기에서 보여줄 수 있어 다행이다.

평소 적당히 하질 못하는 성격 덕분에 노력은 배신하지 않는다는 듯, 지난 석 달간 필사적으로 연습해서 익힌 연주 기술은 실전에서 제대로 발휘된 모양이다.

내가 해온 일은 틀리지 않았다.

세나 키스미의 노력은 보답받았다.

그걸, 실감했다.

"하하."

내 입에서 가벼운 웃음이 흘렀다.

감격이 치밀었다.

나는, 우리는 끝까지 연주했다. 그 실감과 맞바꿔 밀려드는 기분 좋은 피로. 전신이 땀투성이가 되었지만 나쁘지 않다.

우레와 같은 박수가 계속해서 회장을 감쌌다.

나는 밴드 멤버의 얼굴을 슥 둘러봤다.

다들 비슷한 얼굴이었다.

가을인데도 회장의 열기와 흥분으로 전신이 뜨겁다.

사이드에선 사유와 나나무라가 엄지를 세우고 웃고 있다.

관객석에서 에이가 폴짝폴짝 뛰며 기뻐하는 모습을 발견했다.

그 뒤에 칸자키 선생님과 아리아 선생님도 박수를 보내고 있었다.

"스미스미, 한마디 해."

미야치가 마이크를 넘겼다.

내가 해도 되냐고 손가락으로 나를 가리키자, 다들 고개를 끄덕였다.

아사키를 보자 어쩔 수 없다는 듯 손가락으로 OK 사인을 냈다.

"으음, 솔직히 말씀드리자면 어제 쓰러졌습니다. 그래서 공연 한 시간 전까지 누워있었습니다. 그래서 자다 깨서 한 연주입니다. 그런 것치고 굉장히 흥겨웠죠?"

내가 농담처럼 던지자 회장 전체가 웃었다.

"여러분이 즐겨주신 덕분에 끝까지 연주할 수 있었습니다. 정말로 감사합니다. 제게도 고등학교 시절 최고의 추억이 되었습니다. 고마워요."

회장 여기저기에서 응원하는 말이 날아왔다.

"여기 있는 전원에게 인사하고 싶지만, 그랬다간 뒷정리가 왕창 밀려버리니까 참겠습니다. 저도 문화제 실행위원인 데다 학생회장도 뒤에 있거든요."

내가 돌아보자 하나비시가 심벌을 울렸다.

"안 된다네요. 그러니까 딱 한 명, 소중한 사람에게만 인사하게 해주세요. ——요루카."

내가 키보드를 향해 돌자 스포트라이트가 나와 요루카만을 비췄다.

"자랑은 아니지만 제 연인입니다. 되게 예쁘고 착한 애죠."

요루카는 이제 당황하지 않았다. 연주에 너무 흥분해서 그런 여유조차 없는 것뿐인지도 몰랐다. 다만 말없이 나를 바라보았다.

"내가 끝까지 열심히 할 수 있었던 건 요루카가 있었기 때문이야. 네가 강해지고 싶다고 말한 것처럼 나도 네게 어울리는 남자가 되고 싶어."

가장 가까이 있는 여자아이. 소중한 존재. 좋아하는 사람. 누구보다도 인정받고 싶은 상대.

그녀가 필사적으로 열심히 하니까, 나도 질 수 없다고

생각했다.

우리 두 사람은 평등하고 서로를 존경한다.

하지만 관객이 보기엔 어떨까?

처음부터 뻔히 알고 있다.

세나 키스미는 평범한 사람이고, 아리사카 요루카는 손이 닿지 않는 절벽 위의 꽃.

안 어울리는 커플이라는 건 누가 봐도 명백하다.

그래도 나 자신의 마음은 흔들리지 않고, 요루카의 애정도 의심하지 않는다.

요루카와의 차이를 마음속 어딘가에서 늘 의식했던 건 자신감이 없기 때문이다.

다른 사람에게 쏟는 애정과 자기 자신을 향하는 자신감은 별개의 문제다.

지금 관계에 불만은 하나도 없다.

하지만 이대로 현상 유지에서 끝내는 건 고등학생일 때뿐이다.

인생에는 무조건 변화가 찾아온다.

환경 변화는 어떻게 할 수 없는 노릇이고, 그건 싫어도 감정의 변화를 촉진한다.

온갖 일이 잔인하리만치 변해간다.

17살의 확신 같은 건 너무나도 가냘프고 약하다.

나는 요루카가 없어진 순간을 상상하며 불현듯 겁을 집어먹는다.

그런 건 기우라고 무시하고, 눈앞의 즐거움에 전력을 쏟으며 도망쳐도 된다.

하지만 그것만으로는 부족하다.

요루카를 지킬 수 있도록 나 자신이 더 강해지고 싶었다.

이 사랑은 청춘의 추억으로 끝내고 싶지 않았다.

인생 끝까지 너와 함께 살아가고 싶다.

그래서, 가장 하고 싶었던 말이 자연스럽게 나왔다.

"요루카! 네가 좋아! 사랑해! 나와 결혼해줘————————————!!"

나도 모르는 사이에 큰 목소리로 청혼했다.

증인이 되어준, 회장을 가득 채운 학생들이 흥분했다.

요루카에게는 역대 최고로 자신에게 시선이 모인 상황이겠지.

4월에 교실에서 연인 선언을 했을 때와는 비교도 되지 않는다.

완전한 수치 플레이. 거의 고문의 영역이다.

회장은 요루카의 대답을 군침을 삼키며 지켜보았다.

열기와 침묵이 동거하며 팽팽하게 옥죄는 기묘한 시간.

살면서 지금이 가장 시간의 흐름이 느리다.

하지만 나는 이제 마음이 어지럽지 않다.

사랑하는 연인은 떨리는 두 손을 들어 가슴 앞에서 도넛을 감싸듯 작은 동그라미를 만들었다.

그 대답에 축복의 목소리가 터졌다.
끊임없이 울리는 박수와 환호성은 이윽고 하나로 어우러져 리듬이 된다.
회장에서 넘실거리는 앙코르 요청.
연주를 원하는 목소리가 거듭해서 들려온다.
"세나, 지금이 사나이를 보여줄 때야."
"스미스미, 한 번 더 버티자고."
"세나키스, 아직 할 수 있지?"
"키스미! 진짜, 끝까지 책임져!"
요루카의 얼굴이 더없이 새빨갛다.
네 명이 보내는 시선을 받으며 나는 예비용 피크를 잡았다.
"너희는 걱정이 과해. 몇 곡이든 가 주겠어!"
나는 다시 기타를 쳤다.

이렇게 에이세이 고등학교의 역사에 새로운 전설을 남기고 문화제는 막을 내렸다.

앙코르가 끝나고 무대의 막이 내려갔다.

라이브 성공을 기뻐하는 다섯 명을 칭찬하듯 사이드에 모두가 모였다.

아사키와 사유와 나나무, 칸자키 선생님에 요루요루의 언니, 에이도 달려왔다.

"모처럼이니까 기념사진 찍어요!"

사유의 제안에 다 함께 단체 사진을 찍었다.

그리고, 사진을 찍고 나자 스미스미는 그 자리에서 무너지듯 쓰러졌다.

스미스미는 이미 한계를 넘어섰다.

그걸 알고 있었다는 듯 요루요루가 받아냈다.

나는 부둥켜안은 두 사람이 무척 고귀해 보였다.

움직이지 못하게 된 스미스미를 부축한 요루요루는 그대로 체육관에서 나갔다.

그런 두 사람의 뒷모습에 봄에 있던 구기대회를 떠올렸다.

하지만 두 사람에게서는 그때보다 훨씬 분명한 유대가 느껴진다.

"고생했어. 굉장한 라이브더라."

아사키가 옆으로 걸어왔다.

"즐거웠어. 나에게도 평생의 추억이야."

"정말 잊지 못할 것 같아."

"요루요루에게도 상당한 서프라이즈였던 모양이지만."

"설마 청혼까지 할 줄이야."

"심지어 그렇게 많은 사람 앞에서."

아사키와 둘이 그 광경을 떠올리고 웃었다.

"보통 고등학생이 그렇게까지 말하나?"

"문화제 매직이야. 흥분해서 본심이 튀어나온 거지."

"고등학생이 결혼이라니 현실성이 없잖아. 나는 내 일만으로도 버거운데."

"──꿈을 이룬다는 건 저런 식으로 평범함이나 상식을 뛰어넘는 거겠지, 분명."

"히나카는 찬성파?"

"응원파일까. ……아사키는?"

"황당하단 느낌. 이쪽이 머뭇거리는 사이에 저쪽은 저 멀리 가버렸잖아. 이미 등도 보이지 않아서 좀 섭섭하네. 뭐, 하지만 이번에는 백점만점."

아사키의 눈은 빨갰지만, 표정은 개운해 보였다.

"스미스미는 저렇게 비실거리는 상태로 무대에 서서 용케 기타를 쳤네."

"아리사카도 설마 본인이 나서서 시간을 벌겠다는 말을 할 줄은 몰랐어."

"두 사람은 후련할 정도로 쌍방 러브러브하니까."

"사랑의 힘이란 위대하구나."

아사키는 절절히 중얼거렸다.

"——스미스미, 가능할까?"

"키스미라면 가능할걸. 오늘처럼, 앞으로도 계속."

"프러포즈 선배, 축하드려요!"

"프러포즈 선배, 라이브도 멋있었어요!"

"프러포즈 선배, 남자답더라고요!"

"프러포즈 선배, 오래오래 행복하세요!"

"프러포즈 선배, 신혼여행 어디로 가세요?"

"프러포즈 선배, 애는 몇 명 정도 낳을 예정이에요?"

문화제의 대체휴일이었던 월요일이 지나가고 화요일.

아침 등굣길에 자꾸만 말이 날아왔다.

아무래도 내 발언은 이미 전교생에게 널리 퍼진 모양이다.

나도 모르는 사이에 프러포즈 선배라는 별명이 정착되었고, 가는 곳마다 아는 사람부터 모르는 사람까지 축하라는 이름의 놀림이 쏟아졌다.

그야 무대 위에서 그런 말을 외쳤으니 당연하지.

옥상에서 하는 사랑 고백과는 비교도 안 된다.

연인을 넘어서 부부가 되어달라는 소리니까.

에이세이 고등학교는 진학교이므로 많은 학생들에게 결혼은 아직 한참 먼 미래의 이벤트다.

다들 문화제에서 흥분한 결과 분위기를 띄우기 위한 립 서비스인 줄 알고 들었겠지.

주변 인식과 가장 큰 차이가 있다면, 내가 진심이라는 점이다.

그 프러포즈는 그 자리에서 내가 가장 하고 싶었던 말이다.

이미 나와 요루카는 서로를 사랑하는 연인이다.

그럼 그다음은?

나는 고등학생 연애의 한계를 넘어서고 싶다.

졸업한 뒤에 돌아보는, 사춘기의 추억으로 끝내고 싶지 않다.

지금 느끼는 특별함을 평생 소중히 여기고 싶다.

그녀는 성장해서 어른이 되고, 나이를 먹어 죽는 순간까지 곁에 있길 바라는 상대다.

현실성도 없고 예상도 할 수 없고 보증도 없다.

하지만 신기하게도 망설임은 없었다.

요루카가 있으니까 나는 강해진다.

그것만은 자신감 있게 말할 수 있다.

그래서 내 발언에는 일절 후회하지 않지만, 주변의 이런 과잉 반응은 솔직히 난감했다.

그건 요루카도 마찬가지였다.

"지금 당장 집에 돌아가고 싶어."

요루카는 죽을 것 같은 얼굴로 교실에 나타났다.

나와 비슷한 상황이었던 건지, 아니나 다를까 요루카가 훨씬 초췌했다.

"왔구나, 프러포즈 세나!"

"프러프러, 아니지 스미스미. 안녕."

"너희까지 놀리지 마!"

나나무라와 미야치는 노골적으로 히죽거리며 우리에게 다가왔다.

"지금 아리사카의 존재는 사랑의 신 같은 상태거든."

아사키는 웃음을 채 다 참지 못하듯 말했다.

"그게 뭐야?!"

요루카는 흘려들을 수 없다며 설명을 요구했다.

"그야 문화제의 피날레에서 그런 성대한 공개 프러포즈를 받고 OK하면 누구나 써먹지. 아리사카가 가슴 앞에서 작게 동그라미를 그린 사진을 폰 바탕화면으로 설정하면 연애운이 좋아진다는 소문이 그럴싸하게 퍼졌을 정도라니까."

"초상권 침해! 도촬이잖아!"

"그럼 전교생 전원의 스마트폰을 하나하나 확인할래?"

"윽~~~~."

요루카는 분하다는 듯 신음했다.

"여왕님이 아니라 사랑의 신이냐."

나는 무심코 웃어버렸다.

이미 교내 최고의 미소녀로도 유명했지만, 신앙의 대상으로 승격할 줄은 예상하지 못했다.

"키스미, 웃을 일이 아니야!"

"그럼 취소하는 게 나아?"

"그, 그런 건 아니지만……."

요루카는 우물쭈물 말을 흐렸다.

"또 닭털을 대량생산하고 있는데."

"사이가 참 좋아."

"둘만 있을 때 해. 영험함만 증명되고 있거든?"

나와 요루카의 대화에 세 사람이 즉시 코멘트를 넣었다.

특히 아사키의 적절한 지적에는 나도 난감해져서 쓴웃음을 지었다.

당분간 계속 놀림받을 걸 각오할 수밖에 없는 모양이다.

"우선 키스미, 회복 축하해. 건강해져서 다행이야."

"라이브 끝나고 어제는 종일 잤어. 이렇게 푹 자버릴 줄이야."

"키스미도 뻗어버려서 반 전체의 쫑파티도 미뤘어. 일정을 조절해야겠네."

"기대되는데. 얌차 카페도 계속 성황이라 다행이야."

나는 반 부스엔 첫날의 절반밖에 참여하지 못했지만, 둘째 날도 개점 직후부터 줄이 생겼다는 걸 듣고 안심했다.

"키스미의 아이디어가 이긴 거지. 게다가 아리사카와 나나무라가 반 애들을 단단히 잡고 끌어준 덕분이야. 바니걸이 되었다간 대체 무슨 참사가 일어났을지."

아사키의 한마디에 다들 웃었다.

"세나키스, 링크스 쫑파티도 할 거야!"

옆 반에서 찾아온 사람은 카노 미메이와 하나비시 키요토라였다.

"둘 다 고생했어. 끝까지 신세 졌네."

"세나, 섭섭한 소리 하지 마. 오히려 학생회장으로서는 문화제 분위기를 최고로 끌어 올려줘서 어깨가 으쓱해졌으니까."

"최고의 케미스트리를 느껴서 기분 좋았어, 세나키스!"

"악마 교관의 칭찬이라니 영광이야. 이걸로 링크스도 경사스럽게 해체네."

원래 밴드를 결성할 상대가 없었던 카노를 위해 일시적으로 모인 기간한정 밴드이다.

문화제가 끝나면 당연히 해체한다고 생각했는데, 다만 막상 해체하려니 조금 아쉽다.

완전히 다 불태워버린 내가 한 번 더 무대에 서는 건 어려울 테지.

성취감과 허탈감이 어지럽게 섞인 내가 이런 감상에 젖을 줄은 나도 의외였다.

"어? 링크스는 해체 안 해."

카노는 선뜻 전제를 무시했다.

"링크스는 영원불멸. 무기한 활동 중지일 뿐이야. 링크스만은 내 인생에서 유일하게 해체하지 않은 밴드로 남겨두고 싶어. 그만큼 특별한 라이브였어. 그러니까 앞으로도 링크스로 있게 해줘. 안 될까? 세나키스."

카노가 전에 없이 얌전한 태도로 물었다.

"뭐, 괜찮지 않을까? 악우라는 인연도 나쁘지 않겠지."

"응! 그러게."

모처럼 익힌 기타니까 앞으로도 취미 정도로는 계속하고 싶다.

"그런데 밴드 쫑파티는 나나 유키나미도 당연히 참석할 수 있지? 마지막에 세나를 데리고 온 건 우리니까."

이벤트를 사랑하는 나나무라는 사유도 끼워서 참석을 주장했다.

당연히 사유도 와야지.

"그런 거라면 나도 가고 싶어. 라이브 스태프로 꽤 공헌했다고 보는데."

아사키도 손을 들었다.

사실 그녀가 앙코르 시간을 자르지 않아도 되도록, 내 지각을 최대한으로 잡은 후 내가 만든 스케줄보다 한층 더 빠른 진행을 지시했었다. 후방의 파인 플레이다.

"자, 잠깐! 다들 참석하는 건 괜찮지만, 우선은 나와 데이트하는 게 먼저야! 여름부터 계속 참았단 말이야!"

요루카가 발끈하며 끼어들었다.

그 발언에 전원이 침묵했다.

"요루카, 너……."

나조차 부끄럽다.

다른 사람에게 화도 못 내겠다. 아침부터 너무 앞서갔잖아.

문화제 데이트만으로는 대신할 수 없다.

확실히 링크스에 들어가기로 한 뒤 우리는 제대로 데이

트하지 못했다. 계속 참았던 건 알지만, 설마 이 정도일 줄이야.

아, 진짜. 다들 무슨 소릴 할지 보였다.

그 말을 들으면 요루카는 평소처럼 새빨개져서 당황하겠지.

동시에 이렇게 교실 한복판에서 당당히, 드러내놓고 연애할 수 있다는 게 솔직히 기쁘다.

나와 요루카가 연인으로서 걸어온 나날은 미래로 이어져 있다.

아리사카 요루카의 진지하기 그지없는 발언에 나 말고 전원이 같은 말을 했다.

"키스미를."

"스미스미를."

"세나 녀석을."

"세나키스를."

"세나를."


""""""너무 좋아하잖아!!!!!""""""


다섯 명이 깔끔하게 입을 모아 지적했다.

하지만 내 예상은 빗나갔다.

요루카는 얼굴이 빨개지긴 했지만, 그 입에서 나온 말에 이번엔 모두가 놀랄 차례였다.

"당연히 나는 키스미가 좋으니까! 앞으로도 서로 사랑할 거야!"

많은 사람 앞임에도 불구하고 요루카는 최고의 미소로 대답했다.

# 후기

처음 뵙겠습니다, 또는 오랜만입니다. 하바 라쿠토입니다. 『다른 사람과 하는 러브코미디는 용서하지 않을 거니까』 5권을 읽어주셔서 감사합니다.

맞사랑 러브코미디는 가을을 맞아 사랑과 청춘에 불타오르는 문화제편을 보내드렸습니다.

키스미는 남자의 오기와 성취를, 요루카는 새로운 도전을, 아사키는 자신의 감정에 마침표를.

이번에는 다들 열심히 했습니다. 특히 키스미와 아사키.


러브코미디 작품에선 독자가 감정이입하기 쉽도록 주인공은 최대한 개성이 없는 게 좋다는 설도 있습니다.

개인적으로는 주인공이야말로 개성을 넣는 게 좋다고 생각합니다.

그 결과 세나 키스미라는 주인공은 남을 위하고 올곧은 성격이지만, 본인을 평범하고 범인(凡人)이고 개성이 없다고 믿어서 조금 자신감이 부족한 소년이 되었습니다.

1권 발매 당시에도 읽어주신 분들의 감상 중 아주 기뻤던 게, 히로인들의 귀여움을 칭찬해주시면서도 키스미의 숨겨진 매력에도 눈치채주신 거였습니다.

늘 다른 사람을 위해 열심히 하는 주인공이 자신의 껍데기를 깨트린 문화제.

키스미의 성장을 쓸 수 있어서 다행입니다.

또 하세쿠라 아사키도 작가에게는 특별한 캐릭터입니다.

사실 기획서 시점에선 1권 클라이맥스에서 아사키가 키스미에게 고백하는 전개는 없었습니다. 어디까지나 요루카와는 대조적으로 대인관계 능력이 좋고, 키스미와 같은 학급 임원 파트너로서 옆에 있는 미소녀. 그 이상도 그 이하도 아니었습니다.

그런데 막상 집필 단계에 들어가니 아사키가 '잠깐만! 나도 키스미가 좋거든요!'라며 작가에게 출연을 요구했습니다. 참 신기한 체험이었습니다. 소위 캐릭터가 알아서 움직인다는 경험은 여러 번 있었지만, 이렇게까지 작품 전체의 저력 상승을 실감한 건 아사키가 처음입니다.

그녀가 경험한 애절한 짝사랑과 실연도 또 공감을 불렀겠죠.

덕분에 이 작품은 제게 현재 가장 긴 시리즈가 되었습니다.

이야기는 쌓이고, 감정은 깊어지고, 캐릭터는 성장합니다.

길게 이어갈 수 있었다는 감사함을 실감합니다.

어느새 저도 프로로 데뷔한 지 5년, 이번에는 특히 감개무량한 책이 되었습니다.

여기서부터는 감사 인사와 공지입니다.

담당 편집자 아난 님. 어느새 처음 만난 뒤로 긴 시간이 지나서 놀라움을 숨길 수 없네요. 앞으로도 계속해서 잘 부탁드립니다.

일러스트 담당인 이코모치 님. 매번 제 이미지를 깊게 이해하고 기대 이상의 작품으로 돌려주셔서 그저 감사합니다. 시리즈를 거듭하며 히로인들의 다양한 의상을 볼 때마다 기쁨의 비명을 질렀습니다. 이번에도 감사합니다.

이 작품의 출판에 조력해주신 관계자 여러분, 음악 관련으로 취재를 허락해주신 여러분, 가족, 친구, 지인, 늘 감사합니다.


공지는 세 개.


① 옥상에서 키스미와 하나비시의 대화에 살짝 언급된 비욘드 디 아이돌.

그녀들과 엮인 이야기가 GA문고에서 「모두의 아이돌이 나를 진심으로 사랑할 리가 없어」(약칭 모두돌)로 발매됩니다.

소녀의 진심은 귀엽고 위험하다?!

밤에 무지개가 뜨는 섬을 무대로 펼쳐지는 조금 판타지한 반전미 러브코미디입니다.

모두돌 쪽에서도 와타러브를 언급했으니 즐겨주세요.

옛날부터 작품을 넘나드는 크로스오버를 좋아합니다.

모두돌도 꼭 읽어주셨으면 좋겠습니다!

② 전격 노벨코믹(전격문고에서 운영하는 스마트폰 전용 소설&만화 애플리케이션)에서 「다른 사람과 하는 러브코미디는 용서하지 않을 거니까」의 새로운 추가 에피소드를 연재할 예정입니다!

내용은 본편으로 이어지는 과거편입니다.

와타러브 에피소드 0이라고 불러야 할, 키스미와 요루카가 사귀기 전에 있었던 이야기입니다. 본편이 한층 재미있어질 것이라 장담합니다. 꼭 읽어주세요.

자세한 사항은 제 트위터 등에서 그때그때 공지할 테니 팔로 부탁드립니다.


③ 다음 페이지부터는 6권 예고입니다.

5권 엔딩이 마치 최종화 같은 느낌이었지만 다음 권도 나옵니다.

문화제를 거쳐 키스미와 요루카의 관계는 한층 더 단단해졌습니다.

두 사람의 사랑을 가로막는 건 이제 아무것도 없을——텐데?

그럼 하바 라쿠토였습니다. 또 만나요.


BGM : 링크스 『에이세이 고등학교 문화제 스페셜 라이브 (앙코르)』

문화제 학급 뒤풀이는 정말로 즐거웠다.


집으로 돌아가자 현관에는 언니 것 말고도 가죽구두와 힐이 놓여 있었다.

"설마?!"

나는 빠르게 걸어 거실로 직행했다.

"오. 요루카도 돌아왔구나."

"어서 와, 요루카."

소파에서 쉬고 있는 사람은 내 아빠와 엄마였다.

"어? 언제 미국에서 돌아온 거야? 놀랐어!"

"엄마와 이야기해서 두 사람을 놀라게 해주려고. 서프라이즈야."

"먼저 말했으면 밥 차려놓고 기다렸을 텐데."

내 부모님은 일 관련으로 북미를 거점으로 삼아 전 세계를 돌아다니고 있다. 1년을 대부분 해외에서 지내며 이렇게 일본에 돌아오는 날은 손에 꼽을 수 있는 정도다.

마지막으로 만난 건 올해 골든 위크에 가족여행으로 간 남쪽 섬이다.

"요루카, 벌써 엄마보다 요리를 잘하게 된 거 아니야?"

"에이, 그렇진 않아. 오랜만에 엄마가 해주는 요리도 먹고 싶어."

"좋아. 이번에는 조금 오래 머무를 것 같으니까."

"어? 정말?! 기대된다."

그 말을 듣고 나는 순수하게 기뻐했다.

"요루카도 반년 동안 못 본 사이에 굉장히 어른스러워졌는데?"

"그러게. 어라, 그 목걸이는 처음 보는데? 직접 산 거니?"

아빠는 딸의 성장을 절절히 느끼고, 엄마는 내가 키스미에게 받은 목걸이를 알아차렸다.

"연인에게 받은 선물이야. 지금 요루에겐 남자친구가 있거든."

부끄러워하는 나 대신 대답한 건 아리아 언니였다.

언니는 어째서인지 기분이 안 좋은 듯 떨어진 곳에서 와인잔을 기울이고 있었다.

"뭐?! 요루카에게 남자친구가 생겼다고?"

"아리아, 먼저 알려줄 수도 있잖아. 엄마 깜짝 놀랐다고."

"그쪽이 말도 없이 귀국했으니까 이쪽도 서프라이즈."

언니의 목소리에는 가시가 박혀 있었다. 굉장히 심기가 불편한 모양이었다.

"……왜 그래? 언니. 화났어?"

"이유라면 엄마랑 아빠에게 들어."

부모님의 입에서 믿어지지 않는 제안이 나오자 심장이 멈추는 줄 알았다.

"요루카, 같이 미국에서 살지 않을래?"

세상이 멸망한다는 소식을 들은 기분이 된 나는 당장에라도 무너져버릴 것 같았다.

다른 사람과 하는 러브코미디는 용서하지 않을 거니까

슬픈 이별은 필요 없다.
우는 너보다는 웃는 너를 좋아하니까.

예상할 수 없는
인생의 흐름에 휘말리지 않도록,
차근차근 쌓아 올린 나날이 나를 강하게 만들어주었다.

모든 것이 바뀌는 미래에서도
너는 이제 웃으며 지낼 수 있으니까.

# 다음 권 ,「와타러브」

최종장.

WATASHI IGAI TONO LOVE COMEDY WA YURUSANAINDAKARANE Vol.5
©Rakuto Haba 2022
Edited by 전격 문고
First published in Japan in 2022 by KADOKAWA CORPORATION, Tokyo.
Korean translation rights arranged with KADOKAWA CORPORATION, Tokyo
through Korea Copyright Center Inc.

# 다른 사람과 하는 러브코미디는 용서하지 않을 거니까 5

2023년 7월  15일 1판 1쇄 발행

**저      자** 하바 라쿠토
**일러스트** 이코모치
**옮 긴 이** 현노을
**발 행 인** 유재옥
**본 부 장** 조병권
**담당편집** 박치우
**본 부 장** 조병권
**편 집 1 팀** 김준균 김혜연
**편 집 2 팀** 박치우 정영길 정지원 조찬희
**편 집 3 팀** 오준영 이해빈 이소의
**편 집 4 팀** 전태영 박소연
**라이츠담당** 김정미 맹미영 이윤서
**디 지 털** 김지연 박상섭
**미      술** 김보라 박민솔
**발 행 처** ㈜소미미디어
**인쇄제작처** ㈜코리아피엔피
**등      록** 제2015-000008호
**주      소** 서울시 마포구 토정로222, 403호 (신수동, 한국출판콘텐츠센터)
**판      매** ㈜소미미디어
**마 케 팅** 박종욱
**영      업** 최원석 최정연 한민지
**물      류** 백철기 허석용
**전      화** (02)567-3388, Fax (02)322-7665

ISBN 979-11-384-7920-2 (04830)
ISBN 979-11-6611-864-7 (세트)